新潮文庫

芽吹長屋仕合せ帖

日照雨

志川節子著

新潮社版

11639

目次

芽吹長屋仕合せ帖

日　照　雨

結び観音

一

「ほう、お前さんが、おえんさんですか。その節の話は、こいつから耳にしていますよ」

長火鉢の向こうに坐《すわ》る歌川花蔵《うたがわはなぞう》が、手にした煙管《きせる》をついと差し向けた。

部屋の壁際《かべぎわ》に寄せられた机の上には、絵筆や刷毛《はけ》が挿してある竹筒、絵の具皿、紙などが載っている。

こいつと呼ばれた弥之助《やのすけ》が、おえんの隣で口を開く。

「江坂屋《えさかや》に婿《むこ》入りしまして、半年ばかり。このあたりで一度、親方にご挨拶《あいさつ》をと、おえんさんにもご一緒していただきました」

「初めまして、えんと申します。よろしくお見知りおきのほどを」

畳に手をついたおえんに、

「よしてくだせえ、堅苦しいのは抜きだ」

花蔵が煙管を左右に振って、弥之助の顔を見る。

「それで、お店《たな》のほうはどうだ。商家の婿が、お前に務まりそうかい」

「おかげさまで、どうにか」

「お前が絵の道に見切りをつけるといい出したときは、何ともいえねえ心持ちがしたもんだがな」

弥之助は、ひところ絵描きになることを志し、花蔵の下で修業を積んでいたのだった。

「商いに関してはまるきり新米のわたしに、江坂屋の義父や番頭がつきっきりで仕込んでくれますので」

それを聞いて、花蔵の表情が心底ほっとしたふうに弛《ゆる》んだ。

茶の入った湯呑《ゆの》みに口をつけながら、おえんはかつての師弟のやりとりを微笑《ほほえ》ましく聞いていた。花蔵は六十がらみで、花というより岩を思わせる身体《からだ》つきのいかつい男だが、かみさんは息災にしているか、子供はまだかと弥之助に訊《たず》ねる口ぶりには、気さくで面倒見のよい人柄がにじみ出ている。

「それはそうと、絵のことよりほかは頭にねえ男を商家の婿に仕立てるなんざ、どんなやり手の仲人《なこうど》かと思ったが、存外におとなしそうな人で見当がはずれたな。それに、お若い」

おえんへ視線を向けた花蔵に、弥之助が応じる。

「こう見えて、おえんさんはいくつも縁組をまとめておられますからね。わたしのときも、見合いの手配りから何から、こと細かにお骨折りくださいまして」

おえんは女子《おなご》の三十三歳が世間では決して若いうちに入らないとわきまえていたが、仲人としては若いという意味に受け取ることにした。

「しかしなんでまた、弥之助に白羽の矢を立てようと思いなすったのかね」

「はい、あの……」

湯吞みを畳にもどし、おえんは花蔵を見る。

「江坂屋さんは棺桶屋《かんおけや》というご商売のせいか、お婿さんが容易に見つからなかったんです。どうしても、亡《な》くなった方の遺骸《いがい》を目にしますので……」

「ふむ。見ず知らずの仏さんと毎日のように顔を合わせるんじゃ、気も滅入《めい》るわな」

「尻込《しりご》みする方ばかりで、わたくしもお手上げだったんです。そんな折、弥之助さんが骸骨や幽霊の絵をもっぱらに描いておられると耳にして、この人しかいないと思い当たりまして」

「なるほど。棺桶屋の婿には打ってつけだ」

花蔵が膝《ひざ》を叩《たた》いた。

「いやあ、なかなかたいしたもんだ。さしずめ、結び観音といったところですな」

「そんな、観音さまだなんて」

おえんはこそばゆくなって、残っていた茶をひと息に飲み干した。

花蔵にいとまを告げて家を出ると、弥之助とおえんは門口でひとりの男とすれ違った。

「これはどうも。ご無沙汰《ぶさた》しております」

弥之助が腰をかがめたが、男は二歩ばかり進んだところで顔をめぐらせ、

「ん」

短く返して、行ってしまった。

かぐわしい風が、吹き抜けたようだった。かたわらに植え込まれた萩《はぎ》の枝先に男の肩口がふれ、若葉に溜《た》まっていた陽の光がきらきらとはじけ散る。

「ちょっ、まっ、えっ」

目をぱちぱちさせているおえんを見て、弥之助が愉快そうに笑った。

「びっくりなさいましたか。あんな二枚目には、滅多にお目にかかれませんからね」

「二枚目なんてものじゃないわよ、あれは」

甘くて、苦い。ぱっと見て、そう感じた。

弓なりに整った眉《まゆ》、切れ長の眼、筋の通った鼻に引き締まった唇。ぜんたいには端正な顔のつくりをしているのに、こちらへ向けられた視線にはぞくりとするような陰が溶け込んでいた。

「あの方、弥之助さんのお知り合いなの」

振り返ると、颯爽《さっそう》とした後ろ姿が花蔵の家へ吸い込まれていくところだった。

「戸《と》倉佳史郎《くらけいしろう》といって、戯作《げさく》を書いているんですよ」

「へえ、作者の先生」

「挿絵のことで相談があって、吉原から親方を訪ねてきたんじゃないかな」

「吉原ですって」

おえんは眉をひそめる。

「廓内《かくない》に親戚《しんせき》の家があるとかで、居候《いそうろう》してましてね。親方の遣いで、わたしも幾度か行き来したことがありますが、遊女屋ではありません」

「そう。おもてになるんでしょうねえ」

「それが、無口な人で、浮いた噂《うわさ》のひとつも聞こえてこないんです。もちろん、独り身でして」

「まあ、もったいない」

正直な気持ちが口からこぼれて、おえんはいま一度、佳史郎が入っていった戸口を見つめた。

花蔵の家は、神田三島町にあった。佐久間町へ帰る弥之助とは通町の通りに出たところで別れ、おえんは日本橋へ向かって歩く。

瀬戸物町にさしかかると、磯の香りが濃くなった。おえんの住まう長屋は、魚河岸《うおがし》のほど近くにある。古くからこのあたりの鎮守であった稲荷社《いなりしゃ》にちなんで、芽吹《めぶき》長屋と呼ばれていた。

路地へ通じる木戸口に、七、八人の子供がかたまっていた。棒切れで地面に絵を描いたり、手にした風ぐるまに息を吹きかけたり、思い思いに遊んでいる。相店《あいだな》のおまいの子、粂太《くめた》やお杵《きね》の顔もあった。

「あら、見かけない子がいる」

おえんの独り言が耳に入ったのか、粂太が振り向く。

「康太郎《こうたろう》っていうんだ。住んでるところは知らないけど、時分どきになると迎えの人がくるよ」

「ふうん、そう」

さして気にも留めずに木戸をくぐって、おえんは自分の家に入った。戸口に下げられた木札には、こう書かれている。

——ご縁の糸、結びます　おえん——

二

おえんが娘時分に通っていたお針の師匠、鈴代《すずよ》は腎臓を患《わずら》って長らく床《とこ》に臥《ふ》せっていた。

その日、深川黒江町にある鈴代の家をおえんが見舞いに訪れると、往時は稽古場《けいこば》であった六畳間に、先客があった。

「失礼いたします。あら、お俊《しゅん》さんじゃないこと」

敷居をまたぎながら、おえんが声を掛けると、

「ま、おえんさん」

横になっている鈴代のかたわらに膝をついている女が、口に手を当てた。小柄で肌が浅黒く、椎《しい》の実のような目が愛嬌《あいきょう》を添えているあたりに、若い日の面影が残っている。

お俊と膝を並べて、おえんは床をのぞき込む。

「おっ師匠《しょ》さま、ぐっすり眠っておられるわね」

「今しがたまで、楽しそうにお喋《しゃべ》りなさっていたの。眠くなったとおっしゃって、にわかにこんなふうに」

「ふだんから、そうなのよ。一日のうちでも、波があるみたいで」

身体に掛けてある夜具《やぐ》の端をめくって、おえんは鈴代の手をさすった。七十を越え、皺《しわ》の目立つかさかさした肌だが、いつもより血色がよい。

「おえんさんは、よくここに？　わたしは、たまたま実家に用があって、お師匠さまが臥せっておられるのを知ったんだけど」

「わたくしも昨年、人づてに聞いたのよ。それから、深川に用があるときは、時どきお見舞いにうかがっているの」

「ふうん。でも、おえんさんはずっと深川でしょうに。すぐそこの丸屋《まるや》から、佐賀町《さがちょう》の松井屋《まついや》に嫁いだのだったわね。立派な店構えの味噌《みそ》問屋で……」

「ええ、それが……」

おえんは口ごもった。何から話せばいいのだろう。

「おえんちゃんは、夫婦別れをしたんだよ」

子供が唄《うた》うような、あどけない声が上がった。見ると、鈴代のまぶたが持ち上がっている。深くくぼんだ眼窩《がんか》に、湖のように澄んだ眸《ひとみ》がたたずんでいた。

もともとの病のほかに、このごろは昔の記憶もあやふやになっている鈴代だが、たまにふっと正気を取りもどすのだ。

おえんの肩から力が抜けた。

「お師匠さまのおっしゃるとおりよ。一年ばかり前に松井屋を出て、長屋でひとり住まいをしているの。丸屋を継いだ兄が世間体を気にする人で、実家にはもどしてもらえなくて」

「おえんちゃんには、どんな落ち度もない。うちの弟子は、いい子ばかりだもの」

軽やかな声が、ふたたび響く。

おえんが不貞の疑いをかけられ、ろくに申し開きもさせてもらえずに亭主の文治郎《ぶんじろう》から三行半《みくだりはん》を突き付けられた経緯《いきさつ》は見舞いにきた折に語ってあったが、鈴代が中身を摑《つか》みきれているかどうかは定かでなかった。

しかしながら、どんなときも自分をまるごと受け容《い》れてくれる人がいるのは何ともありがたく、心強いものだ。

「まあ、そんなことがあったの」

お俊は顔を曇らせたが、根ほり葉ほり訊ねたりはせず、話の穂先をよそへ向けた。

「おえんさんの住まいは、どこ」

こういう、さっぱりした性分が好ましい人だったと、おえんは思い出しながら応じる。

「芽吹長屋といって、日本橋の魚河岸が、すぐそばにあるの」

「あら、わりあいに近いのね。わたしは、呉服町。子供とふたり暮らし」

どう応じていいものか迷っているおえんを見て、お俊が言葉を添えた。

「亭主とは死に別れたものだから」

「お俊さんの嫁入り先は、やはり何かご商売を？」

お俊は仏具屋の娘であった。それなりの商家なら、縁組はまず家柄の釣り合いを重んじるのがたいていで、おえんはそれを踏まえて訊《き》いたのだが、お俊は首を横に振った。

「亭主は組紐《くみひも》職人で、実家に品を納めていたの。店先で顔を合わせるうちに、お互い憎からず思うようになってね。親の反対を押し切るようにして、所帯を持ったの」

「へえ。お俊さんて、ずいぶん大胆なところがあるのね。お師匠さまも、そうお思いになりませんか」

「……」

いつのまにか、鈴代は軽い寝息を立てていた。

おえんとお俊は、顔を見合わせて苦笑する。

部屋の隅には丸火鉢が据えてあり、鉄瓶が湯気を吐いていた。鈴代の身の回りは、近くの長屋から通ってくる親戚の女が手伝っている。

お俊が髪に手を当てた。

「身贔屓《みびいき》かもしれないけど、うちの人がこしらえる組紐には、品ってものがあってね。自分でも作ってみたくなって、手ほどきしてもらったの」

「ご主人も、職人冥利《みょうり》に尽きるでしょうね」

「あのとき技を仕込んでもらってよかったと、つくづく思うわ。おかげで、組紐づくりで身を立てることができているんだもの」

「お俊さん、お子さんは、おいくつ」

「七つ。男の子よ」

「今日は、どうしてるの。ひとりで家に置いておくわけにもいかないでしょう」

「いつも子守りに見てもらっているの」

おえんが得心してうなずくと、お俊が言葉を続けた。

「所帯を持ってから、なかなか子宝に恵まれなくてね。お腹《なか》に赤ちゃんがいるのがわかって、喜び合ったのも束《つか》の間、うちの人が流行《はや》り病であの世へ逝《い》っちまって。あっけなかった」

「それじゃ、ご主人は赤ちゃんの顔を見られずに……」

「ええ、一度も」

お俊が目をしばたたいた。

風が出てきたようで、庭に面した障子に映っている木の影が揺れ、まだらな光がおえんの上を駆けていった。一瞬、稽古に通っていた娘たちの笑い声を耳にした気がしたが、部屋には鉄瓶に湯の沸く音が低く続いているきりだった。

おえんは浅い息をつく。

「ふたりとも、大人になっていろいろあったのね。女手ひとつで子供を育てるのは、何かと骨の折れるものでしょう」

「そうね。女親ひとりでも立派な子に育ててみせる、それが亭主への供養《くよう》にもなると思って、がむしゃらにやってきたわ」

笑顔で応じたお俊が、でもね、と手許《てもと》に視線を落とす。

「このごろ、思うのよ。食べさせるだけが親の務めでいいのかなって」

おえんにひらめくものがあった。

「お俊さん、あなた、再縁する気はないこと」

お俊が、けげんそうな顔をする。

「わたくし、ご縁の糸を結ぶお手伝いをさせてもらっているの。お俊さんに会わせたい人がいるんだけど、どうかしら。年回りも、ちょうど釣り合うのよ」

「そりゃ、いい人がいればとは思うけど……。おあつらえ向きの方がいるなら、おえんさんのお相手にどうなの」

お俊の口ぶりから、戸惑いが伝わってくる。

「だめだよ。おえんちゃんは、松井屋のれっきとしたお内儀《かみ》さんだもの」

叫ぶような鈴代の声が、割って入った。時のはざまをゆらゆらと漂うように生きている鈴代にとって、ひょいと目を開いた今このとき、おえんは松井屋の女房なのだった。

枕《まくら》の上で、鈴代が首をめぐらせる。

「おえんちゃん、その人、どんな殿方かえ」

おえんはわずかに考えて、

「ひとことでいえば、光源氏か業平《なりひら》かというような男ぶりで……」

「ちょいと、それを先におっしゃいよ」

お俊が、おえんの膝をとん、と指先で叩いた。目の色が変わっている。

「お俊ちゃんは、昔から面食いだったからねえ」

鈴代が、皺だらけの口許をほころばせた。

「まあ、そうなの」

おえんが振り返ると、お俊が大仰に肩をすくめた。

「ほんとに、お師匠さまにはかなわないわ」

三

おえんは、お俊と戸倉佳史郎を引き合わせる算段にかかった。

佳史郎が居候している親戚の家は吉原にあって、女子がじかに行き来するには気おくれする。おえんは歌川花蔵の許を訪ね、佳史郎にわたりをつけてもらえないかと掛け合った。弥之助をあいだに立てる手もあったが、妻帯して半年ほどにしかならない男に遊廓への遣いを頼むのはさすがに気が引ける。

「お安いご用だ。佳史郎さんにつなぎをつけたいときは、いつでも声を掛けてくだせえ」

花蔵は、ふたつ返事で引き受けてくれた。

「戸倉さまがお独りとうかがって、少々ぶしつけかと思ったのですが……」

「ここだけの話、佳史郎さんもそろそろ身を固めたほうがいいと、あっしも考えておりましてね。尻を叩いてでも、見合いには行かせますよ」

花蔵を頼もしく思いつつも、おえんにはひとつ気掛かりがあった。

佳史郎はずっと独り身だが、お俊は子持ちの未亡人である。

とはいえ、隠していても始まらない。正直に伝えてもらったところ、「子供さんがいても、気にしません」と返事があった。

これは脈があると見極めをつけて、おえんは見合いの席をどこに設けようかと思案した。「夜は子供をひとりにできないし、昼間もそう長々と外に出られないのよ。そのへんで、お昼でも食べるのはどうかしら」とお俊にいわれて思い浮かんだのが、紅《こう》梅屋《ばいや》であった。

紅梅屋は、田所町にある一膳飯屋だ。芽吹長屋のおまつが昼飯時だけ手伝いに通っていて、おえんも幾度か行っている。野菜の煮しめや焼き魚などを出しており、かしこまったところがなく、味もよい。

おまつが長屋にいる頃合いを見計らって訪ね、見合いの場所を借りたいというと、

「そういうことなら、板長に話を通しておくよ。うちの常連さんは、魚河岸で働く連中ばかりで、昼飯時が世間よりもいくらか早い。九ツをまわれば、ががらになるから、そのくらいにおいで」

おまつは、ふくよかな胸許をどんと叩いてみせた。

「小上りの席を頼めますか。ほかのお客さんがいても、気にならないでしょうし」

うん、とうなずいたおまつが少しばかり考えて、

「お見合いだから、ちょっと気の利《き》いたものを出したほうがいいよね。品書きにないものでもこしらえてもらえないか、板長に訊いてみるよ」

「すみません、恩に着ます」

「ほかならぬおえんさんの頼みだもの」

「女の人は、わたくしの友人で、ひとりでお子さんを育てているんです。なんとしても、仕合《しあわ》せになってほしくて」

おえんの声に、我知らず力がこもった。

そうしてお膳立てがととのった見合いの席は、しかし、のっけからつまずいた。

「こちら、戸倉佳史郎さま。そしてこちらが、お俊さん」

小上りに置かれた卓をはさんで佳史郎とお俊が向かい合い、ふたりを左右に見る位

置におえんが坐って声を掛けたのだが、お俊が「初めまして」と慎ましく微笑んだのに、佳史郎は黙って頭を低くしたきりだった。

そのくらいは、よくあることだ。おえんも幾度か見合いに立ち会って、初めて顔を合わせる男女が、はなから親しく言葉を交わしたりはしないものと承知している。双方の身の上などは、あらかじめ互いに伝えてあるものの、それをお浚《さら》いするかたちでおえんが切り出すと、男女のいずれかがひとつふたつ気になることを訊ねたり、訊ねられたほうが応《こた》えたりして、会話になっていくのがたいていだった。

「戸倉家はお武家さまで、お父さまがとある藩の江戸屋敷に勤めていらしたんです。佳史郎さまは御三男、お父さまの弟さんが吉原の台屋の婿に入っておられて、跡継ぎに恵まれないので佳史郎さまを養子にお迎えになったとか」

「いくつのとき、ご養子に？」

お俊が訊ねた。

「……」

卓を見つめていた佳史郎が、わずかに視線を上げて、ゆるゆると伏せる。受け応えをうながすのも忘れて、おえんは一連のしぐさに見とれていた。形のよい眉が悩ましそうに寄せられたあたりに愁《うれ》いがにじみ、学者か何かが物思いにふけっているような趣きを漂わせている。

　声が聞き取れなかったのかと思って、おえんはいささか腹に力を入れた。

「戸倉さまがご養子になられたのは五つのとき。花蔵親方から、そう聞いております が、よろしゅうございますか」

　怯《おび》えたように目を見張って、佳史郎がこくりとうなずいた。

「台屋って、どんなご商売なんですか」

　お俊が、おえんに倣《なら》って声を大きくする。

「………」

　また、だんまりだ。

「あの、戸倉さま？」

　おえんが顔をのぞき込むと、二、三度、瞬《まばた》きをした佳史郎が、低い声でぼそぼそと いう。

「……遊女屋の客に……、……仕出しを……」

　固唾《かたず》を呑んで佳史郎の口許を見つめていたおえんは、思わず深い息を吐いた。

　先に弥之助の見合いを仕立てた折も手こずった憶《おぼ》えがあるが、あのときのほうが、 ましだった。芝居見物をしながらだったので、女が桟敷《さじき》に御簾《みす》を垂らして顔を見せてくれなくても、それなりに間が持てた。

台屋の跡取りにと望まれて養子になった佳史郎は、その後、叔父夫婦に子が生まれ、いまはただの居候となっているのだが、話をそこまで持っていく前に、己れの気力が尽きそうだった。佳史郎と顔を合わせた瞬間、ぽっと頰を染めたお俊が、いまでは目をどんよりさせているのも、見ていて胸がちくちくする。

「このあたりで、食事にしましょうか。板場に声を掛けてきますね」

おえんは腰を上げ、土間に下りた。

板場では、物陰から小上りをうかがっていたおまつが、哀れむような目をよこした。

「まるで、通夜《つや》じゃないか」

「無口な人とは聞いていたけど、これほどとは」

通夜のほうが、ましだった。故人の死を嘆いたり焼香したりで、それなりに間が持てる。

小上りにもどると、板長の腕によりをかけてこしらえた品々が運ばれてきた。鰺《あじ》のたたきにこごみのお浸し、筍《たけのこ》の木の芽和《あ》えもある。

「そうそう、戸倉さまは、戯作を書いておられるのですよね」

筍に箸《はし》をつけながら、おえんは話の向きを変えた。仕事のことなら佳史郎の口もほぐれるのではと思ったのだ。

「ええ、まあ」

案の定、声が返ってくるまでの間が、いくらか縮まった。

「どんなものをお書きなんですか」

すかさず、お俊が問いかける。おえんも、それは聞かされていない。

いちおう、知ろうとはしたのだ。芽吹長屋に貸本屋を営んでいる男がいるので、戸倉佳史郎というのはどんな作者かと訊ねたところ、男は首をひねるばかりだった。

こごみを口に入れた佳史郎が咀嚼《そしゃく》するのを、女ふたりがじりじりしながら見守った。

「どんなって、男と女のことを……」

桜色に盛り上がった唇が、もごもごと動く。なぜかそれは、おえんに生々しいものを連想させた。筍の味も歯触りも、どこかへ吹き飛んだ。

お俊は箸を置き、真っ赤になった顔を両手であおいでいる。

四

あくる日、おえんが外でいくつか用をすませて長屋に帰ってくると、家を出たときと路地の様子がどことなく違っていた。

木戸を入ったところで足を止め、奥をうかがうと、おえんの家の前で子供たちがひとかたまりになって坐り込んでいる。歩みを進めたおえんは、子供たちがとり囲んでいる人物をみとめて首をかしげた。戸倉佳史郎である。

「昔むかし、あるところに、橋の袂《たもと》で蕎麦《そば》の屋台を出している若い夫婦がおりましたとさ。亭主も女房も、朝から晩までまめまめしく働いています。こまねずみも顔負けの働きぶりに客たちが感心して、店の名を『ねずみ蕎麦』にしたらどうだといい出しました。それを気に入った夫婦は暖簾《のれん》をこしらえて、屋台に掛けることにしたのです」

聞こえてきたのは、じつに穏やかで、なめらかな語り口であった。

お天道《てんとう》さまの陽射《ひざ》しが長屋の屋根を斜めにすべりおりて、佳史郎と子供たちに降りそそいでいた。光が影をはじき飛ばして、佳史郎の顔立ちは甘いばかりになっている。何ともいえない、くつろいだ表情だった。

子供たちは、目を輝かせて話に聞き入っている。

「干支《えと》にねずみ年がめぐってきたある日、ふたりに赤ん坊が生まれました。子供は忠《ちゅう》吉《きち》と名付けられ、すくすくと育っていきました。店を手伝う年頃になると、親や客からは忠や、忠やと呼ばれるようになります。ねずみ蕎麦の前を通りかかると、しょっちゅう、ちゅうちゅう聞こえるのです」

「ねずみ蕎麦の、ねずみ年に生まれた子が忠吉だって」

「忠吉が、ちゅうちゅう、ちゅうちゅう……」

長屋の粂太と、いつぞや見かけた康太郎というのが言葉を交わし、その周りでくすくすと笑いが起きている。

見ているほうも頬が弛むような光景だったが、おえんは狐《きつね》につままれたような心持ちがした。

「あの、うちに何かご用ですか」

家の前で声を掛けると、佳史郎がはっと視線を上げ、顔つきを改めた。

おえんが腰高障子を引き、佳史郎が立ち上がる。「ええっ」と、子供たちから声が上がった。

「まだ、お話の途中なのに」

粂太が口を尖《とが》らせる。

「小父《おじ》ちゃん、次はいつくるんだい。続きを聞かせておくれよ」

康太郎は、佳史郎の袂を摑んで離さない。

おえんは構わず、土間へ入った。

後ろで、佳史郎が戸惑い気味に応じている。

「では、五日後のいま時分に……」

六畳間の中ほどには長火鉢が置かれ、茶簞笥《ちゃだんす》と衣装簞笥が壁際に並んでいた。片隅には畳んだ夜具が寄せてあり、枕屛風《まくらびょうぶ》が立てまわされている。

茶簞笥を背にして坐ったものの、佳史郎はなかなか話を切り出そうとしなかった。

向かい合っているおえんは、仕方なく当たり障《さわ》りのないことを訊ねる。

「粂太ちゃんたちに、即席にこしらえたお話を聞かせてあげていたんですか」

「まあ……」

「それにしても、よくここがおわかりになりましたね」

「親方が……」

佳史郎の口は、やはり重かった。どんな用向きで訪ねてきたのか、ちっとも見当がつかない。

子供たちはどこかへ行ったとみえ、路地は静かになっている。

長火鉢の鉄瓶から上がる湯気を見つめていた佳史郎が、思い出したように口を開いた。

「……昨日は、すみません」

自分から喋りだした佳史郎を、おえんは珍しいものを見るような気持ちで眺める。

だが、言葉はそれきり途切れた。

「あのあと、あれこれ案じたんですよ。じっさいは気が進まないのに、花蔵親方から話がまわって断れなかったんじゃないかとか、わたくしやお俊さんが、戸倉さまがお気を悪くなさるようなことを申し上げたんじゃないかとか。そういうことではないと受け取って、ようございますか」

「はあ……」

どういう「はあ」なのか、いまひとつ読み取れないので念を押す。

「お見合いにいらしたということは、いい人がいれば連れ添いたいとお思いなんですよね」

「………」

佳史郎が、小さくうなずく。

「でしたら、戸倉さまの人となりを知ってもらうためにも、ご自身の口で伝えていただかないと。べつに、面白おかしく話さなくたっていいんです。世の中には、無口な方もおられますもの。でも、ここぞというときは、自分で摑みにいかないと、手に入るものも入らなくなりますよ」

佳史郎は、神妙な面持ちでうつむいている。

「お俊さんだって、お仕事の合間をみて出てきてくださったのに、殿方があの調子ではがっかりなさるでしょうし」

「…………」

今しがた路地で目にしたのはまぼろしだったのか、とおえんは疑いたくなった。子供にはあんなふうに話せるのに、女の前に出ると、どうして黙り込んでしまうのだろう。極めつきの恥ずかしがり屋だとしても、男と女のことを書く作者が、それでやっていけるとも思えない。

思案をめぐらせるうちに、何だか空《むな》しくなってきた。光源氏と見まごう男ぶりを引き据えて、くどくどと講釈を垂れているみたいなのも、あまり気持ちがよくない。

沈黙が重苦しかった。

「……すみません」

いま一度、同じ言葉を口にして、佳史郎が腰を上げた。

結局、あの人、何の用があったんだか。

路地を出ていく佳史郎を、おえんが首をひねりながら見送っていると、入れ違いに入ってきた男があった。

「あ、辰平《たっぺい》さん、こんにちは」

おえんが腰をかがめると、辰平は自分の家の前を素通りして近づいてきた。商売物の貸本が山のようになった荷を背負っている。

「おえんさんの知り合いかい。えらく様子のいい男だったが……」

日ごろは朴訥《ぼくとつ》な男が、そわそわと路地を振り返った。

「戸倉佳史郎さま。ほら、先に辰平さんに訊ねたじゃありませんか。作者の先生ですよ」

それを聞くなり、辰平がくるりと首をもどした。

「いけねえよ、あんなのと付き合っちゃ」

「え」

「作者は作者でも、あいつが書くのは……。とにかく、悪いことはいわねえ、深入りするのはよしたほうがいい」

太い眉が吊《つ》り上がって、いつになく鼻息が荒い。おえんは気を呑まれて辰平の顔を見つめたが、やがてあることに思い当たって、形勢を立て直した。

「戸倉さまがどんなものをお書きになっているか、じつはご存知だったんですね」

「う……。そ、それは、まあ」

「ご縁の糸を結ぶお手伝いをしているんです。よいお連れ合いをお探しになっていまして ね」

「へ……。そ、そうかい。縁結びのお客さんだったのかい。おれは、その、おえんさんみたいな人が、ああいうものを読むとは思えねえし、ちょいと気に掛かったというか……」

しどろもどろで首筋に手をやっている辰平を見て、おえんも首の後ろがかあっとなる。

咳《せき》払いをして、いくらか違うことを訊ねた。

「戸倉さまは、売れっ子の作者なんですか」

辰平が、首筋から手をはずした。

「売れっ子というほどじゃねえが、新作を心待ちにしてる読者はそこそこいるよ。うわべの惚《ほ》れた腫《は》れただけじゃなくて、佳史郎ならではの、うがちが潜ませてあってね。どちらかというと、玄人《くろうと》受けするんだ」

「ふうん」

おえんは佳史郎がいよいよわからなくなった。

五

長屋を丈右衛門《じょうえもん》が訪ねてきたのは、五日後の昼下がりだった。おえんの実家の小間《こま》物屋《ものや》、丸屋で番頭を務めていた丈右衛門は、先代に暖簾分けを許されて出した次丸屋《つぎまるや》の身代を倅《せがれ》に譲り、六十半ばになったいまは隠居の身だ。丸屋に奉公していた時分から筋金入りの忠義者で、おえんが長屋暮らしで困っていることはないかと、ちょくちょく顔を出してくれる。

「それじゃ、これは預かるわね。十日後には仕上げておきますよ」

長火鉢のかたわらに坐っているおえんは、丈右衛門から手渡された風呂敷《ふろしき》包みを膝の脇《わき》へ置いた。中身は内職の針仕事で、子供の晴れ着の仕立て直しである。

男女の縁を取り持つと、いくばくかの祝儀《しゅうぎ》が仲人の懐《ふところ》に入るとはいっても、おえんの活計《たつき》の土台となるのは、丈右衛門が世話してくれる針仕事の手間賃なのだった。

茶簞笥や衣装簞笥の据えられた六畳間では、おえんの向かいにかしこまっている丈右衛門の巨体が窮屈そうに見える。

「それはそうと、さっきの話の続きを聞かせておくれ。幸吉《こうきち》は、奉公先でちゃんとやっているのかえ」

おえんは松井屋文治郎とのあいだに二人の息子を授かったものの、母子の縁が薄いというのか、いずれの子とも同じ屋根の下で暮らすことがかなわずにいる。長男の友《とも》松《まつ》は、六つのときに家族と花見に出かけた向島《むこうじま》で、行方知れずになったきりである。何事もなければ、いまは十六になっているはずだ。

幸吉は、今年で十二になる次男であった。こちらも仔細《しさい》があって、丈右衛門の存知寄りが武州川越で営む醬油《しょうゆ》問屋に、およそふた月ほど前から奉公していた。その醬油問屋が、幸吉を預かって初めてとなる文《ふみ》を丈右衛門によこしたという。

おえんの口調が改まったのを察して、丈右衛門も膝を正した。

「松井屋のお坊っちゃんでいられたときとは、まあ、勝手が違いますからな。初めのうちは、早起きや水汲《く》みで苦労もなさったようですが、このごろは番頭や手代《てだい》に指図される前に動けるようにおなりだとか。人の話に素直に耳を傾けることができると、文をしたためた者も感心しておりました。手前も長らく店の奉公人を見て参りましたが、何をするにしても、そうした心構えがまず大切と存じます」

「よかった……」

おえんの口から、安堵《あんど》の息が洩《も》れた。

「差し出がましいとは存じましたが、同じことを松井屋さんにもお知らせに上がりました」

「差し出がましいなんて、そんな。お前には、いくら礼をいっても足りませんよ。わたくしが松井屋を出ることになったときにしても、幸吉のことにしても、どれほど厄介になったことか」

「先代さまから賜りましたご恩を思えば、これしきは当たり前でございます」

どこまでも主人思いの丈右衛門に、おえんは頭の下がる心持ちがする。

「松井屋の方たちは、お変わりありませんか」

「はい、文治郎さまも大《おお》お内儀《かみ》さまも、幸吉坊っちゃんのご様子を、たいそう喜んでおいででした」

丈右衛門が応えるのを聞きながら、おえんは己れの内に耳を澄ませた。浮気の濡《ぬ》れ衣《ぎぬ》を着せられた折は、悔しがったり恨んだりしたものだが、疑いが晴れてひと区切りついたいま、かつての夫や姑《しゅうとめ》が心を波立たせることはなかった。おえんにとって文治郎は、息子たちの父親より上でも、また、下でもなくなっている。

「お嬢さん、何やら表がさわがしくございませんか」

いぶかしそうにいって、丈右衛門が戸口のほうへ目をやった。

「いわれてみると、そうね。子供の声がするようだけど」

おえんは腰を上げて、框《かまち》を下りる。

腰高障子を引くと、いくつもの目がいっせいにおえんを見上げた。子供たちが、ざっと十五人はいるだろうか。

「あなたたち、ここで何を……」

おえんがいいかけると、おえんの足許にしゃがんでいた男が立ち上がって、こちらに向き直った。

「……どうも」

わずかに腰をかがめた佳史郎の後ろで、

「小父ちゃん、早くお話の続きを聞かせてよ」

「忠吉は、どうなっちゃうの」

子供たちが、口々にせがんでいる。

先に佳史郎が子供たちと約束を交わしていたのを、おえんは思い出した。このあいだよりも頭数が増えて、粂太や康太郎はむろん、おえんの知らない顔もちらほらと混じっている。

「あの、うちにお客さまが見えておりましてね。子供たちにお話をお聞かせになるのでしたら、恐れ入りますが、どこかほかの場所へ移っていただくわけに参りませんでしょうか」

「ああ……」

「芽吹稲荷の境内は、いかがですか。長屋のすぐ裏手にありますし」

「……はい」

佳史郎が子供たちを連れて路地を出ていくのを見届けて、おえんが部屋にもどると、丈右衛門が訊ねてきた。

「いまのは、どういった方ですか。たいそうな男ぶりでしたな。手前がいて差し障りがあるようでしたら、出直して参りますが」

気遣わしそうに、眉をひそめる。

「余計な気を回さないでおくれ。お見合いをお世話して差し上げたんですよ」

「ああ、縁結びのお客さまで……」

丈右衛門の眉が、ぱあっと開いた。

「お相手は、お前も知っているんじゃないかしら。お針の稽古に通っていた、お俊さん」

「ほう、鈴代師匠のお弟子さんですか」

鈴代が臥せっているのをおえんに知らせてくれたのは、丈右衛門であった。

「して、見合いの首尾はどんな具合で」

「それが、なんともいえなくてね」

おえんは首を振って、これまでの経緯をかいつまんで話した。

「とにかく、あんな殿方は見たことがありませんよ。子供のときから吉原の仕出し屋に住んでいれば、家の手伝いで遊女屋に出入りしたり、女の人と話すこともあったでしょうに」

おえんが嘆息すると、腕組みで話を聞いていた丈右衛門が首をかしげた。

「男の手前からしますと、女子に望みを持てないのではないかと思いますが」

「どういうこと、それは」

「遊廓では、真実《まこと》と偽りが背中合わせになっていると申します。人から聞いた話ですが、夜は豪華な衣装を着て仲之町を道中する花魁《おいらん》も、昼日中はいぎたなく眠りこけているとか。花魁どうしが客を取り合うとなると、それはもう、すさまじい喧嘩《けんか》をするそうで」

「まあ、おっかない。そんなところで寝起きしていれば、ほかの殿方よりも、女子の地の姿を垣間見《かいまみ》る折があるかもしれないわね」

「女嫌いともいくらか違いまして、うまくいえないのでございますが……」

丈右衛門のいうことが、おえんには何となくわかる気がする。

ふと、丈右衛門が腕組みを解いた。

「ま、男と女のことですから、すんなりいかない例《ためし》もございましょう。だいたい、お嬢さんが他人《ひと》さまのことでいちいち気を煩《わずら》わせる義理なぞ、つゆほどもないのでございますからな。ここを引き払う気になったときは、いつでも遠慮なく、この丈右衛門にお申し付けください」

そもそも丈右衛門は、おえんが男女の仲立ちをすることに、あまりいい気はしていない。この長屋にしても、濡れ衣のほとぼりが冷めるまで仮住まいとして見繕ってくれたのであって、おえんがどこかへ引っ越したいといい出せば、実家の兄に掛け合って、どこぞに小ぎれいな一軒家でも手配りしようという腹積もりなのだ。

首をすくめたおえんに構わず、針仕事が仕上がる頃にまた参りますといって、丈右衛門は帰っていった。

六

数日後、針仕事をきりのいいところでいったんおいて、おえんは昼前に長屋を出ると、お俊の家を訪ねた。

小体《こてい》ながら仕舞屋《しもたや》風の二階家の、一階にある板の間の仕事場から出てきたお俊は、袖《そで》を襷掛《たすきが》けにして、顔つきがきりりっと引き締まって見えた。

「お仕事中に、ごめんなさい」

「気にしないで。ちょうど、昼休みにしようと思ってたところ」

手を左右に振ってみせたお俊に、おえんは風呂敷包みを胸の前に掲げる。

「握り飯をこしらえてきたの。鮭《さけ》と、昆布と、梅干し。一緒に食べましょうよ」

「あら、気が利くじゃない」

おえんを次の間に通すと、お俊は台所へ下がって、味噌汁の入った椀《わん》をふたつ、盆に載せてきた。

「朝の残りを温め直しただけなの」

「それでも、香りが飛んでないわ。よいお味噌を使っているのね」

嫁ぎ先が味噌問屋だったおえんには、すぐにわかった。

風呂敷の結び目を解き、竹皮に包んである握り飯を取り出しながら、おえんは部屋を見まわす。

「息子さんのぶんもあるのよ。子守りがついているといっていたけど……」

物音もしないし、家の中にほかに誰かがいる気配はない。

「毎朝、子守りの家へ連れていって、そこで見てもらってるの。仕事場ではばたばたされると、こっちも気が散るでしょう」

握り飯を手に取り、口許へ持っていったお俊が、ふんわりと頬をほころばせた。

「ああ、美味《おい》しい。おえんさんにはすまないけど、このあいだはせっかくのご馳走《ちそう》が、まるで通夜ぶるまいみたいだったわね」

おえんは汁椀を盆にもどすと、顔の前で手を合わせた。

「悪かったわ。戸倉さまがどんなものをお書きになっているか、たしかめもしないで引き合わせたりして」

「まあ、男ぶりがいいってだけで、飛びついたのはわたしだもの。お互いさまよ」

苦笑まじりに、お俊が応じる。

「男と女のことをお書きになっているなんて、わたくしも存じ上げなかったのよ」

「そりゃ、そうでしょう。知っていて見合いを勧めたのだったら、おえんさんをちょっと疑うわ」

「結び観音なんていわれて、いい気になっていたの。己れを戒めなくては」

お俊が友人だから詫《わ》びてすむようなものの、これが縁結びを請け負っただけの、まったくのお客であったら、どう申し開きをしたところで聞き入れてもらえないだろう。

今さらながら、軽はずみなことは慎まなければと、おえんは胸に刻んだ。

「お書きになっているものはともかく、あの方、べらぼうに無口なんだもの」

お俊が、縮こまっているおえんを気遣うような口調になった。

「朝から晩まであの調子じゃ、考えただけで頭が痛くなりそうで」

「……」

子供が相手となるとまた違うのだとは、どうにも口にできなかった。じっさい、あの場に居合わせたおえんですら信じがたいのに、いってもお俊を困惑させるきりだ。

おえんとお俊は、しばらく無言で握り飯を口へ運んだ。

食べ終わったお俊が、ごちそうさま、と合掌する。

「いまだって母子ふたりが食べていけるんだから、これでいいんだわ、きっと」

自分にいい聞かせるような口ぶりが、おえんにはやるせなかった。

「お師匠さまのところでは、女親ひとりだと心許《こころもと》ないといっていたじゃないの。お見合いをしたのも、戸倉さまの男ぶりがどうこうではなくて、息子さんを思ってのことでしょう」

「考えてみると、お父《と》っつぁんがどんなものかも、うちの子は知らないのよね」

お俊は空になった汁椀を見つめ、

「先に、伜にねだられて肩車をしてやったとき、少しばかりよろけちまってね。いろいろ思ったわ。こんなことができるのも今年いっぱいかなとか、父親がいれば、もっとらくに担《かつ》ぎ上げられるだろうにとか」

「お俊さん……」

「肩車くらいならまだしも、難しい年頃にさしかかったときのことを思うと、やっぱり父親がいてくれたほうが心強いような気もして……」

短く息をついて、お俊が言葉を続ける。

「亭主がいたらいたで面倒もあるでしょうけど、いなければいないで物足りない気もするのよね。おえんさんだって、そうじゃないの」

まっすぐに見つめられて、おえんは言葉に詰まった。文治郎と復縁する気は毛筋ほどもないが、真夜中に目が覚めたときなど、隣に誰もいないのがたまらなく寂しくなる。

どういうわけか、辰平の顔が脳裡《のうり》に浮かんで、やにわにかぶりを振った。

可笑《おか》しそうに見ていたお俊が、思い出したようにいう。

「そういえば、伜がね、近ごろ面白いお話をしてくれる小父さんがいるっていうの」

「へえ」

「子供たちを集めて、その場でお話をこしらえてくれるんですって。桃太郎や猿蟹合戦《さるかにがっせん》なんかより、よほど筋立てが凝っているらしくて、その小父さんに会えるのを心待ちにしてるのよ」

「……」

「そういう人が父親になってくれるといいんだけど、そんな都合のいい話が転がってるとも思えないし」

お俊の顔に、自嘲《じちょう》めいた笑いが浮かぶ。

「ねえ、その小父さんって……」

思い当たるふしはあったが、おえんはあとの言葉を飲み込んだ。独り合点は禁物だった。お俊に話すのは、きちんと裏付けをとってからでも遅くはない。

いずれにしろ、この縁談はいましばらく自分に預からせてくれと断って、おえんは話を切り上げた。

七

お俊の家から帰ってくると、おえんは針仕事の続きにかかった。

お俊のいうお話の小父さんは、十中八九、戸倉佳史郎とみてよいだろう。

さて、どうやってたしかめようかしら。

針に糸を通しながら、おえんは思案をめぐらせる。佳史郎とじかに会っていろいろと訊ねてみるのが、もっとも手っ取り早いように思われた。明日にでも花蔵親方を訪ねて、言づてを頼まなくてはならない。

そもそも、子供たちにお話を聞かせるときみたいな顔を佳史郎がお俊に見せてくれていたら、これほどややこしいことにはならなかったのにと、おえんは苦い笑いを口許に浮かべた。

丈右衛門の言葉ではないが、佳史郎にも人知れず抱えているものがあるのだろう。武家に育った五つの男の子が、ある日を境に吉原で暮らすようになったのであれば、身を取り巻く何もかもががらりと変わって、当人の好むと好まざるとにかかわらず、駆け足で大人にならなければいけない面もあったに相違ない。

おえんは、佳史郎の中で五つのまま宙ぶらりんになっている男の子の面影を見たような気がした。

しかしながら、布を広げてひと針、ひと針、縫い進むうちに、考え事は頭から遠のいていった。無心になれるこのひとときが、おえんは好きだ。

暮れ六ツの鐘が聞こえてきて顔を上げると、部屋が思いのほか暗くなっていた。洗濯物を外に干したままである。針箱に道具をしまって一式を壁際へ寄せると、おえんは盥《たらい》を抱えて戸口を出た。

薄青い闇《やみ》が、路地を覆《おお》いはじめている。

井戸端に、立ち話をしている人影があった。こちらに顔を向けているのはおまつで、水を汲んでいたとみえる。

もうひとりの女は後ろ姿で、十二、三歳の少女を連れていた。女の背中が、どことなく焦《あせ》りのようなものをまとっている。

「そうなんです、このくらいの男の子で……」

手振りを交えながらおまつに話しかける声に、聞き覚えがあった。

おえんが井戸端へまわり込むと、思った通り、それはお俊だった。

「おえんさん、どうして」

「芽吹長屋は、ここなのよ。わたくしの家は、あそこ」

目を丸くしているお俊に、おえんは路地のほうを手で示す。

「そうだ、お前さん、どこかで見た顔だと思ったら、先だってのお見合いの」

胸の前で手を叩いたおまつが、おえんに向かって声をひそめた。

「この人の子が、いなくなっちまったんだって。いつもこのへんで遊んでるそうなんだけど……」

お俊がおえんの左右の袖を摑んで、すがりつくような格好になった。

「子守りが仕事を怠けて、うちの子をひとりで外へ行かせてたの。ここにいるっていうから来てみたんだけど、誰もいなくて……」

上ずった声でいって、横にいる少女へ険しい目を向ける。

うなだれていた少女が、おどおどと顔を上げた。

「いつもは、いま時分に迎えにいくと、ほかの子たちと遊んでるんです」

消え入りそうな声だった。

「おえんさん、どうしよう。かどわかしに遭ったのかもしれない。あの子にもしものことがあったら、死んだ亭主に何ていえばいいの」

「お俊さん、ちょいと落ち着いて」

こっちの声も耳に入らないらしく、お俊は居ても立ってもいられないというふうに、おえんの身体を揺さぶる。

そのとき、木戸口のあたりでわいわいと声がして、どぶ板を踏むいくつもの足音が路地を入ってきた。

先頭は、戸倉佳史郎だ。子供たちが、ぞろぞろと後をついてくる。

佳史郎が井戸端にいるおえんたちに気づいて立ち止まり、頭を低くした。男の子のひとりを肩車しているので、のっぽの人影が伸び縮みしたように見える。

お俊の手が、おえんの袖から離れた。

佳史郎の肩にまたがっている男の子が何やら耳許へささやきかけて地上へ下ろしてもらうと、まっすぐお俊の許へ駆けてきた。康太郎であった。

「おっ母《か》さん。あのね、あの小父ちゃん……」

お俊の腰に抱きつこうとしたが、

「親をはらはらさせて、この子はッ」

ぴしゃっと音がすると同時に、康太郎が左の頬を手で押さえた。

おえんは思わず、顔をしかめる。

やがて、おえんが声を掛けて子守りの少女を先に帰らせると、ほかの子供たちも各々《おのおの》の家に入っていった。

「ともかく、うちで少し話しましょう」

部屋に上がったおえんは行燈《あんどん》に灯を入れると、お俊と康太郎、そして佳史郎に茶を出し、三人の顔が見える位置に膝を折った。

「お俊さん、康太郎ちゃんを叱《しか》らないであげてね。わたくしも、芽吹長屋の子ではないと気づいたときに、どこに住んでいるのかくらい訊いておけばよかったんだわ」

「すみません……」

佳史郎がぼそりというと、両手で持った湯呑みに息を吹きかけていた康太郎が顔を上げた。

「小父ちゃんがあやまることはないよ。もっと続きを聞かせてくれって、頼んだのはおいらだもの」

「お前は黙ってなさい」

隣に坐っている母親にたしなめられて、康太郎がしょぼんと肩を落とす。

部屋が、しんとした。

「こ、こ、康ちゃんは、思いやりのある、いい子です」

だしぬけに、佳史郎が声を裏返らせた。

お俊があっけにとられている。

「て、て、手前はッ」

声を引っくり返らせたまま、佳史郎がいった。

「い、五つのとき養子に出たものの、い、いまは居候です。て、て、手前だけの、か、か、家族がほしくて」

鼻の頭に噴き出した汗の粒を、行燈のあかりが照らしている。端正な顔立ちがかすんでしまうくらい、佳史郎のひたむきな想《おも》いが迫ってきて、おえんは胸がきゅっとなった。

佳史郎を後押ししたくて、お俊に膝を向ける。

「わたくしからも、いわせてね。戸倉さまは、何年も吉原にいて、女子の裏も表もごらんになっている。今さら女子にときめいたりはなさらないでしょうし、むしろ、尻込みする気持ちがおありかもしれないわ」

お俊が思案する顔つきになった。

おえんは言葉を続ける。

「男女が出会って、その人のことを考えて夜も眠れないような時期があったとしても、夫婦になって子供を授かって、長く暮らすうちに少しずつ和やかな、安らいだ心持ちに移っていく。お俊さんだって、それはご存知よね」

「ええ……」

「子供たちにお話を聞かせているときの戸倉さまって、それは穏やかな顔をなさるの。こう、眼差《まなざ》しがあたたかくてね」

「……」

「きっと、康太郎ちゃんのいいお父っつぁんにおなりだと思うのよ」

お俊はじっと耳を傾けている。

部屋にどこからか味噌汁の香りが流れてきた。

折しも、長屋は夕餉《ゆうげ》の時分どきである。

お俊が肩を上下させ、康太郎の膝にある小さな手に、自分の手を重ねた。

「そうよね、戸倉さまは、いまのこの子より小さいときに、養子にお出になられたのだものね」

我が子を見つめながら、しみじみという。

ぬくもりに満ちた横顔を、あかりが浮かび上がらせている。

友人が、いつになくうつくしく見えて、おえんは目を奪われた。

ふっと、お俊の口の端が持ち上がった。

「戸倉さまに肩車をしてもらった康太郎の顔を見たとき、びっくりしたわ。ああ、こんなに楽しそうに笑うことがあるんだって……」

そういって、康太郎の手を、ぽんと押さえる。

「戸倉さまとはあまり話してないし、どんな方かまだわからないところもある。でも、お話の小父さんのことは、この子からうんと聞かされて、お人柄を存じ上げているつもりよ。だから……」

お俊が目を上げて、佳史郎を見た。

「こんどは我が家にいらして、わたしにもお話を聞かせてくださいませんか」

「あら、それじゃ……、お俊さん」

顔をのぞき込んだおえんに、お俊が微笑む。

「ええ、これもご縁ですものね」

おえんは、ほうっと息をついた。これでどうにか、結び観音の面目が立ちそうだ。

「やったあ。小父ちゃんのお話が、また聞けるんだね」

康太郎が嬉《うれ》しそうな声を上げ、つられたように、大人たちも笑顔になった。

鯛《たい》の祝い

一

江戸は初夏の陽気であった。

身支度をととのえたおえんは、日本橋瀬戸物町にある芽吹長屋を出た。

永代橋の上では、大川を渡ってくる風が心地よい。

深川佐賀町に建ち並ぶ漆喰《しっくい》塗りの土蔵を目にしながら油堀を渡ると、やがて「味噌《みそ》たまり問屋」と屋根看板に記された松井屋が見えてくる。

屋号の染め抜かれた日除《ひよ》け暖簾《のれん》の前を、身をかがめるようにして通りすぎると、脇《わき》にある路地を入って裏手へまわった。

「ごめんください」

遠慮ぎみにかけたおえんの声を耳に留めたのは、台所女中のおいい、はるである。

「お内儀《かみ》さん……」

口にして、わずかに戸惑ったのち、

「いえ、おえんさま」

いい直すと、ひょこりと頭を下げた。

土間でほかの女中に指図を与えていた女中頭のおたねが気づいて、いそいそと戸口へ近づいてくる。

「お変わりございませんか……、お、おえんさま」

こちらも、歯にものが挟まったような口ぶりである。

主人の松井屋文治郎に三行半《みくだりはん》を突き付けられて妻の座を追われたおえんを、女中たちはその後も以前通りに呼んでくれていたが、先ごろおえんから申し出て、お内儀さんはよしてもらうことにした。

「長屋のみんなみたいに、おえんさんと呼んでおくれ」

「ですが、お内儀さんをそのように気安くお呼びするわけには」

おえんが嫁いでくる前から松井屋に奉公しているおたねは気おくれした表情で考え込み、

「では、おえんさまと」

ためらいながら応《こた》えたのだった。

朝の片づけが終わり、おたねに用をいいつけられた女中も奥へ引っ込んで、台所にはおえんとおたね、そしておはるの三人ばかりになっている。

「このとおり、おかげさまで何とかやっていますよ」

おえんが微笑《ほほえ》みかけると、

「幸吉坊っちゃんも、川越のお店《たな》で息災にしておられるそうで、まことにようございました」

日ごろは沈着でしっかり者のおたねが目を潤《うる》ませた。春先まで松井屋で暮らしていた幸吉のことをおはるも思い出したとみえ、目尻《めじり》を指先で拭《ぬぐ》っている。

何となく湿っぽくなったのを吹き飛ばすように、おえんはからりという。

「大《おお》お内儀さまに、もぐさをお持ちしたの。前にお伝えしたのとはほかに、よく効くツボがあるのを思い出してね」

姑《しゅうとめ》であったお常《つね》は、昨年の暮れに腰を痛めてからこっち、横になっていることが増えていた。

おえんがふところからもぐさの袋を取り出すと、おたねがわずかに眉根《まゆね》を寄せる。

「あいにくと、お出かけでございまして」

「あら、起きておられて大丈夫なの」

「暖かくなりまして、お身体《からだ》を動かしやすくなったようでございます」

「へえ」

「そうは申しましても、起き抜けなどは私どもに腰をさすってくれとおっしゃって、しばらくじっとしておいでですが」

「そう。ともあれ、癒《よ》くなられてよかった」

口ではそういったものの、おえんはいささか肩透かしをくらった心持ちがした。

話の向きが変わったのをしおに、おはるが井戸端へ出ていった。二十半ば、松井屋の女中では中堅どころの筆頭格だ。とびきりの器量よしというのではないが、色白なのと表情がゆたかなのとで、見ているほうの気持ちまで明るくなる。

陽射《ひざ》しがおはるを白く照らしているのをしばし眺めて、おえんはおたねに視線をもどす。

「大お内儀さまは、どちらへお出かけなのかえ。講か何かの集まりとか」

「そうではありませんで……。お年寄りを集めてお話を聞かせる人たちがおりましてね。通りの角に、飴屋《あめや》がございましたでしょう。あすこが店をたたんだところへ入ってきたのですけど」

「ふうん」

おえんはなんとなく戯作者《げさくしゃ》の戸倉佳史郎を思い出したが、おたねがいっているのとは、いくらか趣きが異なるようだった。

「いろんなお店の新しく売り出される品を持ってきて、これにはこういう効能がありますとか、よその品よりここが優れていますとか、そういったお話をするんだそうで」

「世の中には風変わりな商売があるものだこと」

「いってみれば、品のお披露目会でございましょう。饅頭《まんじゅう》みたいな食べ物でしたら、ちょっとばかり味見をさせたりもしましてね。お店からすると、これから売り出す品を試してもらって手応えをうかがったり、それをもとに工夫を加えたりできるとあって、その、披露目屋に品を割安で卸《おろ》すのだとか。お話が終わると、物によってはただで配ったりするんですよ」

「はあ」

「下駄屋や鰻屋《うなぎや》のご隠居さまもお見えになっていて、ちょっとした寄り合い所になっているのでございます」

「みなさまが揃《そろ》っているところに顔を出してお喋《しゃべ》りするのが、張り合いになっているのかもしれないわね」

身体の衰えとともに気持ちも脆《もろ》くなりつつあるお常を、おえんはそんなふうに思いやった。

嫁と姑であった時分は、事あるごとに振る舞いを咎《とが》められ、きつい言葉をぶつけられて、疎《うと》ましくてならなかったものだが、おえんが松井屋の人ではなくなったいま、お常は向こうっ気の強さを持て余しているただの年寄りにすぎない。

おえんの両親は、すでに他界している。義理の母とはいえ、一度でも「おっ母《か》さん」と呼んだことがあって、いまもこの世に生きているのはお常きりだ。

そう思うと、おえんはもののあわれのようなものを覚えずにはいられなかった。

二

おたねにもぐさを渡してツボの位置を教えていると、外で人の声がする。戸口から首を伸ばしてうかがうと、井戸端に立つおはるが、肩に天秤棒《てんびんぼう》を担《かつ》いだ棒手振《ぼてふ》りと話していた。松井屋に出入りしている魚売りの伝次《でんじ》である。

ほどなく、おはるが伝次を従えてもどってきた。伝次は中肉中背の身体つき、目も鼻も口も丸い輪郭の中ほどに寄っていて、その容貌《ようぼう》はおえんに川獺《かわうそ》を連想させる。

「まいど、魚伝《うおでん》でやすッ。え、あの、お内儀さん」

戸口の内へ向かって威勢よく投げられた声が、途中から尻つぼみになった。

伝次の戸惑いを察して、おえんはさらりと応じる。

「お久しぶりです、伝次さん。そんな顔をなさらないでくださいな。とうにご存知でしょうけど、わたくし、もうお内儀さんではないのですよ。たまたま用があって、こちらへうかがったの」

「は、はあ」

伝次が曖昧《あいまい》にうなずき、おたねが「そういえば」と胸の前で軽く手を叩《たた》く。

「このたび、おはるの縁組がととのいましてね」

「あら、それは……」

おえんは流しの前にいるおはるを振り返った。話の向きをさりげなく変えてくれたおたねの心遣いに感じ入りつつ、それよりも驚きがまさって、身体がしぜんに動く。

「おめでたいじゃないの、おはる」

「このあいだまとまったばかりで、自分でも夢を見ているみたいです」

はにかむように、おはるがうつむく。

がたん、と鈍い音がした。戸口のすぐ外にいる伝次が盤台を地に下ろし、縁に渡してあったまな板が音を立てたのだった。

伝次がまな板を取りのけると、魚が姿をあらわした。

「いつもながら、生きのよさそうな魚ばかりね」

土間を出たおたねが、腰をかがめてのぞき込む。

「鯵《あじ》といさきをくださいな。どちらも三枚に下ろしておくれ」

「……」

ふだんであれば、打てばひびくような返事があるはずだった。

「伝次さん？」

「あ、あいすみやせん。ええと」

「鯵といさきですよ。三枚下ろしにね」

「へい。いましばらくお待ちくだせえ」

伝次が盤台の脇にしゃがみ、庖丁《ほうちょう》に手を伸ばす。額におびただしい汗をかいていた。

「それにしても、おはるのお父《と》っつぁんがよく首を縦に振ったものじゃないの」

土間にもどったおたねとおはるを等分に見やりながら、おえんがいった。

おはるは木置場にほど近い石島町にある、小さな煎餅屋《せんべいや》のひとり娘である。「実家にいたんじゃ、親はどうしても娘に甘くなる。どうかこちらさんのようなしっかりとしたお店で、行儀をしつけてやってはもらえませんか」と、父親があいだに人を立てて申し入れてきたのだった。

松井屋にいる女中たちは、四十半ばまでひたすら奉公につとめてきたおたねはともかく、年頃になると親が娘の嫁入り先を見つけて暇を取らせるのが大抵だった。おはるもそうだろうとおえんは見込んでいたのだが、おはるが年頃になっても親は何もいってよこさない。それとなく当人に訊《たず》ねてみると、「縁談があっても、お父っつぁんが断っちまうんです」と返ってきた。おはるはさほど大柄な身体つきでもないのだが、娘の横に立ったとき背丈が低くて格好がつかないとか、目つきがちょっとばかり気に食わないとか、何かしらけちをつけて、なかなかうんといわないのだという。「お父っつぁんの眼鏡にかなう人があらわれるのを、気長に待つよりありません」とおはるも苦笑していたが、ずるずるといまになってしまったのだった。

「それで、おはるのお父っつぁんにお墨付きをもらったのは、どういう人なのかえ」

「大工なんです。うちの近くに普請場《ふしんば》ができて、とにかくきびきびと立ち働く大工がいるものだって、お父っつぁんも店先で煎餅を焼きながら見てたそうです。そのうち、その人が仕事帰りに幾度かうちで煎餅を買ってくれて、お父っつぁんと話をするようになって」

恥ずかしそうに頬を染めながら、おはるが続ける。

「仕事ひとすじで、気がついたら三十三。いずれは弟子もとって親方になりたいけど、独り者では世間に信用してもらえないだろうし、そろそろ身を固めたいって、その人――英之助《えいのすけ》さんがいうのを聞いて、うちの娘を嫁にもらってくれと、お父っつぁんがすっかりその気になっちまって……。英之助さんのほうも、親父さんの娘ならぜひともって、とんとん拍子に話がまとまったんです」

「三日ほど前に、おはるのお父っつぁんが、お店へご挨拶《あいさつ》に見えましてね。それはもう、嬉《うれ》しそうな顔をなさっておりました」

おたねも口許《くちもと》をほころばせている。

「こんど、鯛のいいのがあったら届けますよ」

だしぬけに声が上がった。

女たちが振り向くと、伝次が魚をさばき終えて、片づけにかかるところだった。かたわらに置かれた小桶《こおけ》には、三枚に下ろされた鯵といさきがきれいに並べられている。

「鯛だなんて、あたしなんかに、もったいない。伝次さん、そう気を遣わないでおくれ」

おはるが顔の前で手を振る。

「でも、めでてえことだし」

「あたしのことはいいから、伝次さんも早いとこお嫁さんをもらいなさいな」

英之助もなかなかの大工らしいが、伝次の働きぶりもたいしたものだった。魚の見立てに外れはないし、庖丁はいつもぴかぴかに研いであって、魚をさばくあいだも無駄口ひとつ叩かない。齢《とし》はたしか二十八だが、どういうわけか独り身である。

「ねえ、伝次さん。よかったら、わたくしに任せてくださらない？」

おえんは一歩、前へ出た。

「わたくし、ここのお内儀さんではなくなったあと、ご縁の糸を結ぶお手伝いをさせてもらっているの」

「いや、あっしは」

「伝次さん、遠慮なさらぬほうがようございますよ。芽吹長屋のおえんさまといえば、近ごろ評判の仲人《なこうど》さんですからね」

背中から、おたねが珍しく軽口めいた口ぶりでいう。

「へ、へえ。え、ええと」

しどろもどろになった伝次が、汚れた庖丁とまな板を抱えると、腰を上げて井戸端へ洗いに行った。

「まあ。伝次さんたら、照れちまって」

おはるがくすくす笑っている。

苦笑しながら井戸端へ目をやったおえんは、伝次の後ろ姿が照れているにしてはどうも力ないように見えて、少しばかり首をひねった。

三

五日後のこと。

芽吹長屋で内職の縫い物をするおえんの、針を持つ手が止まっていた。膝《ひざ》の上にあるのは、白絣《しろがすり》の男物だ。清元《きよもと》の師匠が、おさらい会で弟子の若者たちに揃いの衣装を着せたいと、丈右衛門を通じて誂《あつら》えによこしたのである。

白絣は、六つだった友松が花見に訪れた隅田堤で行方知れずになったとき、身に着けていた着物の柄であった。肩に縫い上げのある着物を着ていた友松も、生きていれば十六歳、いま縫っているものの裄丈《ゆきたけ》がしっくりくる体格になっているのではなかろうか。

家の前に人が立ったのは、おえんが我知らずため息をついたときだった。

「ごめんください。お内儀さん、おいでになりますか」

おえんは物思いから我に返った。腰高障子の向こうから呼び掛ける声が、いやに切迫している。

土間に下りて障子を引くと、息を切らしたおはるが立っていた。

「どうしたの」

荒い息が咽喉《のど》を鳴らすばかりのおはるに、おえんが水がめの水を湯呑《ゆの》みに汲《く》んで差し出すと、たちまち飲み干して口を開いた。

「お、お内儀さん、すぐ松井屋へいらしてください」

おえんをお内儀さんと呼んでいることにも気づかないのか、よほど慌《あわ》てているとみえる。

「お店で何かあったのかい。まさか、大お内儀さまが具合を悪くなさったんじゃ」

おはるが首を左右に振る。

「坊っちゃんが、友松坊っちゃんが……」

「えっ」

取るものも取り敢《あ》えず松井屋に駆けつけると、おえんはただちに奥へ通された。

六畳の居間では、若い男がこちらに背を向けて坐《すわ》り、文治郎とお常に向かい合っていた。お常は袂《たもと》を目許に押し当て、肩を波打たせている。

「友松が見つかったと、遣いをいただきまして……」

敷居をまたいだおえんは、若い男の前にまわり込むと、正面から顔を見つめた。

くっきりとした眉、くるくるとよく動く目、ちょっぴり上を向いた鼻、そしてぷくぷくと膨らんだ頰。脳裡《のうり》に刻まれている面影が鮮やかすぎて、目の前の、前髪を落とした大人っぽい顔立ちと結びつかない。

「お、おっ母さんかい……」

若い男の口から、かすれた声がこぼれる。

「背中を見せておくれ」

きょとんとしている男を急き立てるように、おえんは言葉を重ねた。

「着物を脱いで、背中を」

気を呑まれたようにうなずくと、男はもぞもぞと肩を動かしてもろ肌脱ぎになり、おえんに背中《せ》が見えるよう座布団《ざぶとん》の上で身体の向きを変えた。

「あ、ある……」

左の貝殻骨《かいがらぼね》に沿って黒子《ほくろ》が三つ並んでいるのを見て、おえんの身体から力が抜けた。

後ろで、お常が盛大にすすり上げている。

「一体どうしたんだ」

文治郎の声が困惑していた。

三つの黒子は、友松の目印みたいなものだった。湯屋で少しばかり離れても、背中を見れば我が子の見当がつく。お常も黒子のことはむろん心得ているが、子に関してはおよそ女房と母親に任せきりであった文治郎は知らないだろう。

「あの、話を続けてもよろしゅうございますか」

耳慣れぬ声が横から挿し込まれて、初めておえんはかたわらに女がいることに気がついた。齢は三十半ば、商家の女房風の身なりだが、どことなく崩れた色気を漂わせている。

首をかしげたおえんに、文治郎が声をよこす。

「そちらさまは、友松をこれまで育ててくださった方だ。ご亭主は、佐原《さわら》で乾物屋を営んでおられるそうでな」

「なみと申します。本来は主人の金之介《きんのすけ》が参るのが筋ですが、商いを抜けることができず、私が代わりに」

女が畳に手を突いて、頭を低くする。

「佐原ですって。そんなところに、どうして」

「それをいま、うかがっていたんだ」

文治郎の口調に、いささかあきれた響きが混じった。

「まあ、わたくしったら」

おえんは口許に手を当てた。上半身、裸になれと若い男にけしかけて、放ったらかしになっている。

「ごめんなさい。どうぞ、もとにお直りになって」

そそくさと立ち上がったおえんは、少しばかり迷ったのち、部屋の出入り口ちかくにあらためて膝を折った。

「ええと、どこまでお話ししましたっけ。そう、この子が北十間川《きたじっけんがわ》のほとりで泣いているのを、私どもが見つけたところでございましたね」

おなみがそういって、話し始める。

十年前の春、押上村《おしあげ》の知り合いの許に出かけた金之介とおなみ夫婦は、用をすませた帰り道、川辺に生い茂る草むらで男の子が泣いているのに気がついた。

「そばに行って訊ねますと、名は友松、齢は六つと応えてくれたのですが、それよりほかは何も……。だいぶ暗くなっておりましたので、ともかく住まいへ連れて帰ったのでございます。ええ、その時分は亀有《かめあり》で乾物の行商をしておりまして」

住まいに着いて、おなみにいま一度、どこから来たのか訊ねられた友松だが、口を閉ざしたままだった。翌日にでも大家へ相談に行こうとおなみたち夫婦は話し合い、その日は床についたのだが、あくる日の明け方、住まいを人が訪ねてきた。佐原にいる金之介の兄が心臓の発作で倒れ、息を引き取ったという。

「すぐに亀有を発《た》たなくてはならず、夜明け前で大家さんを起こすのも気が引けて、友松ともども佐原へ参りました。そのまま、義兄が営んでおりました乾物屋、辰巳屋《たつみや》を主人が継ぐことになったのでございます」

そこでおなみが言葉を切り、居住まいを正すとふたたび両手を畳に突いた。

「私どもには子がおりません。ですが、義兄の弔いで集まった親戚《しんせき》に、あの子は誰かと訊《き》かれて、自分たちの子だと応えてしまいまして……。何ゆえそんなことを口走ったのか、我ながらどうかしていたとしか思えません。友松が黙っているのをよいことに、これまで過ごして参りました。まことに、どうお詫《わ》びを申したら……」

おなみが声を詰まらせた。

文治郎は腕組みになり、じっと宙を睨《にら》んでいる。お常はただもう嗚咽《おえつ》するばかりだ。以前であれば、怒り狂っておなみを責め詰《なじ》ったとしてもおかしくないのに、身体の具合を崩してからこっち、かなり気持ちが弱っているようだった。

「迷子札を持っておりませんでしたか。親の名と住処《ところ》を書いて、首から下げてあったのですが」

控えめに訊ねるおえんのほうへ、おなみが膝の向きをずらす。

「そうしたものは、見当たりませんでした。ところどころ着物が汚れておりましたので、どこかで転んだはずみに、外れたのかもしれません」

「あの、どんな着物でしたでしょうか」

「たしか、白絣《たぐ》ではなかったかと」

記憶を手繰るように、おなみが応じる。

友松は赤子の時分から人見知りがはげしく、言葉を口にするのも、ほかの子どもと比べて幾らか遅かった。六つにもなると、店の奉公人や近所の友だちとは物怖《ものお》じせず話せるようになったが、それでも初めて対する人と打ち解けるのは容易ではなかった。

押上村というと、おえんたちが花見をしていた隅田堤とは方向がまるきり逆である。歩けど歩けど母にめぐり会えない心許なさや、知らない大人に話し掛けられたときのおっかなさを思うと、おえんは胸がしめつけられた。

「して、友松が松井屋の伜《せがれ》ではないかと思われたのは、どういうわけで」

腕組みを解いて、文治郎がいう。隣にいるお常が泣き通しているせいか、その沈着ぶりがおえんの目には少し冷ややかに映る。

「向島で料理茶屋を営まれたのちに隠居し、昨年、佐原へ移っていらした方がおいでになりましてね。今年の桜の時季に私どもへお見えになったとき、江戸にいた時分、花見にきて行方知れずになった子供がいたという話をなさったのでございます。料理茶屋でも人手を出して周辺を探したものの、見つからずじまいだったと。いま少し詳しく訊いてみますと、どうも友松のように思われまして……。深川佐賀町にある松井屋さんということも、その折にうかがいました」

おなみが応えると、お常がはたと顔を上げた。

「うちを訪ねてきたということは、いまこの場で、友松を帰してもらえるんだろうね」

涙に濡《ぬ》れた両目が、きらきら光っている。

文治郎が困惑した表情を浮かべた。

「おっ母さん、ちょっと落ち着いてください。辰巳屋さんとて、そこまで見通してお見えになってはいないでしょうし」

「何を呑気なことを。いいかえ、文治郎。友松は松井屋のれっきとした惣領《そうりょう》息子ですよ。身元がわからなくてよそさまの厄介になっていたかもしれないが、明らかになったうえは、親元に帰ってくるのが道理というものです」

声の底に気迫がこもっていた。持ち前の気の強さが、首をもたげたようだ。

「あの、そのことでございますが……」

おずおずと、おなみがいう。

「私どもも、知らぬ顔をしているのは心苦しいのでございます。血のつながったご家族と暮らすのが、友松にとって仕合せなのではないかと、主人も申しまして……。当人も、この齢まで育ててもらった恩を裏切るようで申し訳ないが、やはり松井屋さんに帰りたいと……」

おなみは、込み上げてくるものをこらえるように顔をしかめ、ひとつ息をついて口を開いた。

「こちらさまさえよろしければ、本日より友松をお引き受け願えませんでしょうか」

「もちろんですとも」

すかさず、お常が応じる。

「友松、今宵はお前の好きなものを頂きましょうね。卵焼きに、瓜《うり》の塩もみに……。そうだ、おえん。お前も一緒に食べていきなさい」

そういって、お常は見たことのないような笑顔をおえんに向けた。

四

「なんだこんなものかって、拍子抜けしましたよ」

いいながら、おえんは風呂敷《ふろしき》包みを丈右衛門の前に置いた。中には、仕立て上がった白絣の着物が入っている。

小山のように盛り上がった肩をふるわせ、目をしばたたきながら話を聞いていた丈右衛門が、

「拍子抜けなすったと」

わずかに眉をひそめておえんを見た。

「もっと、こう、ひと目で友松とわかって、熱いものが込み上げてくるんじゃないかと想像していたの。でも、少しばかり違っていて……」

友松が行方知れずになっておよそ十年、おえんが我が子のことを思わなかった日は一日たりともない。どうか無事であってくれと神仏に手を合わせ、かなうことならいつかふたたび生きてめぐり会いたいと願ってきた。

「友松坊っちゃんの面影が、なかったとおっしゃるので」

「あるような気もするし、ないようにも思える。じっさい、そうとしかいえなくてね」

「ふむ」

「芥子坊《けしぼう》にしていた髪が伸びて、ほとんどおかっぱになってたあの子の顔は、はっきりと思い出せるのにねえ。背中の黒子をこの目でたしかめたし間違いはないだろうけど、母親がそんな調子じゃ、あんまり情けなくて」

おえんは手許に視線を落とした。

「文治郎さまは、見分けがおつきになったのですか」

「あの人はいつだって商いにかかりきりで、友松のときも幸吉のときも、おしめ一枚替えたことがないんですもの」

話にならないというように、おえんがゆっくりと首を振ると、丈右衛門が腕を組んだ。

「まあ、男親というのは、そうしたものかもしれません。手前も覚えがございますが、赤子が生まれても、どうもぴんときませんでしたな。ある日だしぬけに、ぽこっと目の前にあらわれるのでございます。自分の子というより、猿か何かの子ではないかと」

「猿ですって」

　おえんに非難がましい目を向けられて、丈右衛門が身体を縮こまらせる。

「しかし、男は自分の腹を痛めるわけには参りませんのでな。この子はお前の子だと周りからいわれて、少しずつ父親らしくなっていくのでございます」

「ふうん、そういうものかねえ」

　たしかに、母親は身籠《みごも》ったときから子と一心同体で、新たな命から逃れようがない。お産の末に我が子と対面すると、やっと逢《あ》えたという気持ちになるが、そのあたりが父親とは違うかもしれなかった。

「それはそうと、幸吉にはどう伝えたらよいのかしら。文治郎さんと話し合わないと」

　いまはよそへ奉公に出ているとはいえ、行方知れずになった兄の代わりに松井屋の身上《しんしょう》を継ぐのはお前だと、父や親戚たちからいい聞かせられて育っている。

「文治郎さまのお考えにもよるでしょうが、川越へ知らせるのは、いましばらく様子を見てからでもよいかもしれませんな」

　そういって、丈右衛門は帰っていった。

　丈右衛門を送り出すと、おえんはざっと身繕いして表へ出た。

日本橋の目抜き通りを南へ歩いて京橋を渡り、明石町にさしかかったあたりで、八ツの鐘を耳にする。

廻船問屋の脇にある路地を奥へ進んだおえんは、戸口のかたわらに空の盤台と天秤棒が立てかけられた長屋の前で立ち止まった。

「ごめんください」

中でごそごそ物音がして、ほどなく腰高障子が引き開けられる。

「へい、どちらさんで……。あ、こいつはどうも」

いぶかしそうな顔で腰をかがめたのは、棒手振りの伝次であった。

「断りもなく押しかけて、ごめんなさいね。先だって、伝次さんのお嫁さん探しを請け合ったでしょう。ついては幾らかお話をうかがっておきたいの。あのあと、間をおかずに訪ねるつもりでいたのだけど、ちょっといろいろあったものだから」

松井屋に友松が帰ってきたことだと伝次はすぐに思い当たったようだが、それは口にせずに、

「あの、どうしてここが」

「おりつさんに教えてもらったんですよ。前に、芽吹長屋に住んでいらしたの」

「ああ、仲買いのおりつさんか」

得心したように、伝次がうなずく。

おえんが初めて縁結びを世話したのが、魚市の仲買い人を務めていたおりつであった。大伝馬町《おおでんまちょう》にある葉茶屋、湊屋《みなとや》へ嫁いだのちも仕事は続けていたが、このたび亭主、恭太郎《きょうたろう》とのあいだに子を授かり、臨月に入ったので家でゆっくりしている。毎朝、暗いうちから立ち働いていたおりつにしてみれば、それはそれで退屈なようで、たまにおえんのところへ顔を出してくれるのだった。

「いま、ちょっとお話できないかしら」

ひとり住まいの部屋に女を上げるのは気おくれするかもしれない。そう慮《おもんぱか》って、長屋じゃなくても構いませんよ、と付け加える。

「じゃあ、表へ行きやしょう」

案のごとく、わずかにほっとした顔で伝次が戸口を出ようとすると、中で人の声がした。喚《わめ》くような唸《うな》るような、何ともいえない声だ。

伝次がぼんのくぼへ手をやった。

「やっぱり入ってもらえやすか」

六畳一間の部屋には床が延べられ、老いた男が横になっていた。

「狭苦しいところですが、どうぞ上がってくだせえ」

伝次は床のかたわらにある煙草盆《たばこぼん》やこまごましたものをざっと片寄せて場所をこしらえ、おえんを坐らせると、その向かいに自分も膝を折った。

「親父でさ。卒中でいきなり倒れて……、七年ほどになりますかね」

伝次がひとりで暮らしているものと理由《わけ》もなく思い込んでいたおえんは、戸惑いを隠せなかった。おりつにしても、この光景を目にしたらびっくりするだろう。

伝次の父親は床の中で目をつむり、ゆるやかに開いた口許から黄ばんだ歯がのぞいている。六十半ばくらいか、しかし伝次の齢を考え合わせれば、じっさいはいま少し若いのかもしれない。

「こうなる前は、下駄職人だったんでさ。いま寝てる場所で、仕事をしておりやしてね。日がな一日、家ん中で下駄をこしらえてる姿が、あっしにはあまりぱっとして見えませんで、ろくに話し合いもせず、棒手振りの見習いになっちまいやして」

「まあ、そんな経緯《いきさつ》が」

「おかげで、思いっきり張り飛ばされましたがね」

伝次の鼻の脇に、皺《しわ》が寄る。

「伝次さん、失礼ですけどおっ母さんは」

「十年ばかり前、流行《はや》り病にかかってあの世へいっちまいました」

「ごきょうだいは」

「いません」

そのとき、またさっきの声がした。

伝次が床をのぞき込む。

「どうした、親父。そうか、何か飲みてえのか。湯冷ましでいいかい。ちょいと待ってな」

伝次は父親の枕元《まくらもと》へにじり寄ると、盆の上に伏せてあった湯呑みを返し、土瓶から湯冷ましを注いだ。そして、反対側へまわって病人の背中と蒲団《ふとん》のあいだに膝を入れ、半身を起こさせて湯呑みを口許へ運んでやった。父親がわずかに首を伸ばし、湯冷ましをすする。

伝次の動きはひとつひとつが要領を摑《つか》んでいて、しかも慣れている。おえんは手伝うのも忘れて見守った。

「倒れてからこっち、身体を動かすのと喋るのが不得手になりましてね。何をいっているか、あっしよりほかにわかる人がいねえんです」

湯呑みを盆にもどしながら伝次が肩をすくめると、父親が動くほうの手をばたばたさせた。

「え、まだ何かあるのかい。へ、こんどは厠《かわや》か」

「どうぞ、お連れして差し上げて。わたくしに気遣いは無用ですよ」

おえんがいうと、伝次はすまなそうに頭を下げた。

父親を背中に負ぶった伝次が戸口を出ていくと、おえんは蒲団のめくれているのを直して枕の位置を元にもどし、空になった湯呑みを手にして土間へ下りた。流しへ出しっぱなしになっている皿や茶碗《ちゃわん》、湯呑みを軽くゆすぎ、小桶に伏せて置く。

松井屋の裏手で見た伝次の後ろ姿が、脳裡に浮かんだ。どことなく背中がしおれて見えたのは、父親の介助をする疲れのようなものが、にじみ出ていたのかもしれない。

部屋へ上がり、布巾《ふきん》で盆を拭《ふ》いていると、伝次が父親を連れてもどってきた。

「お内儀さんに洗い物なんかしてもらって、もったいねえ」

ひどく恐れ入ったように、幾度も頭を下げる。

「このくらい、何てことありませんよ。この前もいったでしょう。いまのわたくしは、芽吹長屋のおえんですもの」

伝次が父親を床に横たわらせたのを見届けて、おえんはいとまを告げた。

「ええと、あの、おえんさん」

路地へ送りに出た伝次が、腰をかがめる。

「せっかく出向いてもらったのに茶も出さず、すみませんでした。親父が危なっかしくて、火鉢に炭を入れてねえんで」

「いいんですよ。話はまた、あらためて」

「そのことですが、遠慮させてもらおうかと」

どうにもいいにくそうに、だが、声にはきっぱりとした響きがあった。

「松井屋の女中さん方やおえんさんのお心遣いは、ありがてえと思います。ですが、親父があんな具合ですし」

「それはそうかもしれないけど、お嫁さんをもらえば人手が増えるのよ。夫婦で助け合って、お父っつぁんのお世話をすればいいじゃないの」

「嫁さんがそんなふうに思われるのは、気の毒ですから」

「気の毒ですって？」

「世間の目には、親父の面倒を押しつけるために嫁をもらったと映るんじゃねえでしょうか」

伝次のいいたいことがわかる気がして、おえんは口をつぐんだ。

「親父には厄介もかけましたし、ちっとでも親孝行してえんでさ」

伝次が目をまたたいて視線を足許へ落とし、いま一度、顔を上げる。

「あの、おはるさんには、とびきりの鯛を届けますんで」

「また、そんな……。伝次さんはいつだって、他人のことばっかり」

おえんが顔をしかめると、伝次は向かいの長屋の庇《ひさし》へ目をやった。

「あっしが棒手振りの見習いになって、兄貴分と松井屋さんにうかがい始めた頃、おはるさんも奉公に入りたてだったんでさ。その時分のおはるさんは、生魚がおっかなくて触ることもできなかった。でも、それでは奉公が務まらないと、あっしが兄貴分に魚のさばき方をおそわるのを、横にきて見たりしてたんです」

「へえ、初めて聞きましたよ」

「この頃では鯵でも鯖《さば》でもさばける、一人前の女中さんになりなすった。おはるさんには、きっと仕合せになってもらいてえんで……」

折しも傾き始めた陽の光がまともに目に入り、おえんは伝次の表情をうかがえなかった。

いまの伝次は、妹を送り出す兄のような気持ちなのかもしれない。そう思いながら、おえんは芽吹長屋へ帰ってきた。

五

友松が松井屋にもどっておよそ半月、暦は六月に入った。

松井屋のお常の居室に運ばれてきた昼餉《ひるげ》の膳《ぜん》には、鰹《かつお》の刺身が載っていた。

「まあ、豪勢ですこと」

はしゃいだ声を上げたおえんに、お常が片方の眉を持ち上げて、

「何ですか。大きな声で、はしたない」

軽くたしなめてから、首をぐるりとめぐらせて目許を弛《ゆる》める。

「友松、醤油のほうがよければ、持ってこさせますよ」

刺身には芥子《からし》味噌が添えられているが、芥子醤油で食する人もある。

「あの、このまま……。ここの味噌は美味《おい》しいですし」

膳の前にかしこまっている友松が少しばかり恥ずかしそうにいうと、お常が満足そうにうなずく。

「では、いただきます」

それに応じて、おえんと友松も胸の前で手を合わせる。

五日に一度の割で、お常からの遣いが芽吹長屋へおえんを迎えにくるようになった。むろん、そのつど食事をよばれるわけではないが、三人でひとときをすごすのは三度めになる。

おえんは箸を伸ばして鰹を口許へ運ぶ。噛《か》むともっちりした歯応えと甘みがあり、口いっぱいに夏の香りが広がる。初物は目が飛び出るような値の付く鰹も、いま時季になるといくぶん手頃になる。とはいえ、おえんが長屋に住まうようになって、これほど身の厚い鰹にお目にかかったことはない。

友松も、鰹に芥子味噌をつけて、美味しそうに食べている。

「おなみさんは、何かいってよこすかえ」

小気味よい食べっぷりをまぶしい気持ちで眺めながらおえんが訊ねると、友松はわずかに首をかしげた。

「とくだん、これといったことは」

「向こうでは、さぞ寂しい思いをなすっているでしょうね」

「何をいい出すのだえ、お前は」

お常が声を尖《とが》らせた。

「友松が帰ってくるのを心待ちにしていたというのに、うれしくないのかえ。ごらん、当人も困っていますよ」

友松が所在なさそうに視線を伏せる。

「すみません、そんなつもりは」

おえんは箸を置き、あわてて手を振った。

お常が不快を覚えるのも、もっともではあった。だが、おえんやお常がひたすら祈り、待ちわびた十年は、おなみが友松と生きた年月でもある。迷子になった友松の親をろくに探そうともせず、自分の子と偽っていたことの是非は別として、おなみの心情を思うと、おえんはどうにもやるせなくなる。

「あの、江戸へ出てきたついでに、親戚の家にひと月ばかり泊めてもらうといっていました。乾物の商いで、幾つか取り引き先をまわるそうで……。佐原に帰るときには、見送りに行こうと思います」

ひとことずつ、言葉をえらんで友松がいった。

お常が大仰に嘆息する。

「まったく、文治郎にしろお前にしろ、実の親というのに何を考えているのやら」

「あの、文治郎さんが、どうかなさったのですか」

「友松を店に立たせるというのですよ。松井屋での寝起きにも、まだ慣れないのにねえ。いま少し、ゆっくりさせてやってもいいと思わないこと？」

「はあ」

文治郎が店のことに女は立ち入らせないという男だったので、おえんには何とも応えようがない。とはいえこの先、友松が松井屋でやっていくのであれば、なるたけ早く仕事を身に付けさせ、一人前の商人になれるよう鍛えてやりたいと、文治郎なりに算段しているのかもしれない。

おえんの受け答えが思わしくなかったのか、お常は興趣をそがれた表情になった。なんとなく白けた空気になって、おえんは黙々と箸を口へ運んだ。

しばらくすると、部屋に大きな音が響いてきた。壁板か床板でも剝《は》がしているような音である。

「いったい何の音でしょう」

部屋を見まわすおえんに、お常が応じる。

「大工が入っているのですよ。ところどころ、造作《ぞうさく》を直してもらっているの」

「造作を……」

「住み慣れた家でも、この齢になると何かしら不具合が出てくるものでね。手すりを付けたり、ほかにも幾つか頼もうかと」

「そうでしたか」

いっとき音が熄《や》んでいたのは、大工も昼休みをとっていたとみえる。

四半刻《しはんとき》ばかりのち、おえんがいとまを告げて部屋を出ると、折しも別の部屋からおたねが出てくるところだった。

「造作に手を入れてもらっているのですってね」

おえんが廊下を台所のほうへ歩きだすと、先に立ったおたねが、ふと足を止めた。

「英之助さんて大工さんに来ていただいてるんです」

「あら、もしかして、おはるの」

おたねの首が縦に動く。

「先に披露目屋の話をしたのを、覚えておいでですか」

「ええ。近所のお年寄りを集めて、饅頭の味見をさせたりするっていう」

「あすこで、隠居所の建て増しやら、ちょっとした大工仕事も取り次いでいるそうでしてね。大お内儀さまがお頼みになったところ、遣わされてきたのが英之助さんだったんです。もう、おはるが仕事どころではありませんで」

おたねが苦笑する。

「どんな人か、ちょいと気になるわね」

「そうおっしゃると思いました」

ふたりは廊下を引き返して、奥の居間の前に立った。

「埃《ほこり》がすごいし、気も散るから、襖《ふすま》は閉めておいてくれといわれておりまして」

おたねが声をひそめ、ほんの少し襖を引く。

細い隙間《すきま》に押し当てたおえんの目に、股引《ももひき》の上に半纏《はんてん》を帯で締めた男の背中が映った。すらりとした長身だ。造り付けの袋棚《ふくろだな》がある壁の前に立ち、物差しを手にしてあちらこちらの寸法を測っているが、おえんには後ろ姿しか見えない。

しばらく粘っていると、ふいに英之助が首をめぐらせた。

「そこにいるのは、どちらさんで」

向けられた目が鋭い。おえんはおたねと顔を見合わせたが、逃げたところで始まらないので、いさぎよく襖を開けた。

おえんをかばうように、おたねが頭を下げる。

「お仕事を妨《さまた》げまして、あいすみません。あの、こちらはおえんさまと申される方で、その……」

いい淀《よど》むと、英之助があっという顔になり、肩に掛けている手拭いを取った。

「おはるちゃんから、聞いてます。ぶしつけな口をきいて失礼しました。細工に集中しているときは、気がたってますんで」

「こちらこそ、のぞき見してすみません」

おえんが腰をかがめると、英之助の口許が弛んだ。

「散らかってますが、よかったら見ていってください」

おえんとおたねは、そろそろと敷居をまたいだ。

袋棚は、地袋《じぶくろ》の戸が外されており、空っぽの中が丸見えになっていた。

「上にある神棚に灯明をお供えするのが大お内儀さまの日課とうかがいまして、この地袋に出し入れのできる踏み台を、こしらえようと思ってるんですがね」

英之助が指差すのを、おえんがのぞき込む。

「ふうん、そんなことができるんですか」

「棚の奥の板を抜いて、奥行きを出すんですが……」

どういう細工をするか、口頭でざっと説明してくれる。それでもおえんが首をかしげていると、英之助は壁際《かべぎわ》に立てかけてあった板木を幾枚か持ってきて、組み合わせて見せた。

「なるほど、ふだんは棚の中にしまわれていて、使うときに取っ手を引くと踏み台があらわれる仕掛けになっているのね」

「へえ、たいしたものだわ」

細工を思いつく頭の柔らかさと、じっさいに形にすることのできる腕前に、おえんはすっかり感心した。娘をこの男の嫁にとおはるの父親が望むのもうなずける。目許が涼やかすぎていささか冷たい感じもするが、笑うとのぞく白い歯がそれを補っている。

「おっしゃる通りで」

おえんは背筋を伸ばし、帯の前に手を揃えた。

「英之助さん、わたくしにとっておはるは家族のようなものなんです。どうかよろしくお頼み申します」

まっすぐに向けられた視線に、英之助はちょっとたじろいだように目を逸《そ》らし、だがすぐに顔つきをあらためて、

「どうも、こちらこそ」

うやうやしく頭を低くした。

六

伝次が芽吹長屋を訪ねてきたのは、それからおよそひと月のち、七夕を三日後に控えた日暮れ時であった。

「あら、どなたかと思えば伝次さんじゃないの。いつからそこに？」

用があって表へ出ていたおえんがもどってくると、家の前に立っていた伝次が振り返った。

「ついさっき、参りやした。ちっと聞いてもらいてえことがありやして」

「立ち話もなんですし、どうぞ上がってくださいな」

おえんは腰高障子を引いて中へ入る。

長火鉢を挟んでおえんの向かいに膝を折った伝次が、しげしげと部屋を見まわした。

「お内儀さん、じゃなかったおえんさん、まことに、こういうところに住んでなさるんですね」

「あんまり見ないでくださいな。ところどころ壁が剝がれてて、恥ずかしいから」

湯気を吐きはじめた鉄瓶を持ち上げて茶を淹《い》れながら、おえんは伝次が何を話しにきたのか思案をめぐらせる。思い当たるのは、ひとつきりだ。

「伝次さんのこと、忘れてたわけじゃないんですよ。でも、ご縁というのは、目を皿にして探すとなかなか見つからないもので、ひょんなところに転がっていたりしましてね」

湯呑みを伝次の前に置きつつ、心なしかいい訳めいた口調になる。先だっては伝次もああいったものの、心の底ではおえんが縁談を持ってきてくれるのを待っていたに相違ない。

口にした言葉に偽りはなかった。じっさい、おえんは幾人かの娘に目星をつけ、親元に話を持ちかけてみた。だが、働き者の棒手振りで母親はすでに他界しているというと、いずれも身を乗り出してくるのに、卒中でほぼ寝たきりの父親がいると聞くや、一様に渋い顔をするのである。

今しがた出かけていたのも、前に話だけしておいた先へ返事を聞きに行ったのだが、「はなから苦労するのが見えているところへ娘を嫁にやることはできない」と断られたのだった。

伝次が虚を衝《つ》かれたような顔になる。

「いや、そんなんで来たんじゃねえんです。松井屋さんのことで、気になることがありまして」

「へえ。何からお話しすればよいのか……」

軽くにぎった手を膝頭において、伝次が首を傾ける。

「三日ほど前になりますか、松井屋さんで魚をさばいたあと、ちょいと催しちまいまして、その、厠をお借りしたんでさ。あいにく、奉公人用が塞《ふさ》がってましてね。折しも台所に大お内儀さんがおいでだったんですが、奥にあるのを使うといいとおっしゃいまして」

恐れ入りながら、伝次は用を足したという。

「で、厠の壁に手すりが付いているのに気がつきましてね」

「そうなんですよ。大お内儀さまがね、足腰が弱っていくのに備えて家の中の使い勝手をよくするんだって、大工さんに造作を直してもらっているの」

「おたねさんにも、そんなふうにうかがいました」

「じゃあ、おたねが話したかしら。その大工さん、英之助さんといってね。ほら、おはるの……。あのとき、伝次さんも台所で聞いてたでしょう」

「……」

どこか痛みを感じたように、伝次の眉がわずかにゆがむ。

その表情を少々いぶかしく眺めながら、おえんが訊ねる。

「手すりがどうかしましたか」

「それが、使い勝手がよいとはとても思えねえので」

「あら、どういうこと」

おえんは伝次の顔を見返した。

「手前のとこも、あの通り年寄りがおりやすし、厠に手すりが付いてると何かと重宝するんじゃねえかと前から思ってましてね。お店で用を足したついでに、しゃがんだり中腰になったり、いろいろと試させてもらったんでさ。しかし、どうも半端《はんぱ》な位置に付いてるようでして」

「半端というのは」

失礼しやす、と伝次が尻を持ち上げ、その場でしゃがんでみせる。

「この格好から立ち上がろうとするとき、手すりが縦に付いていると、踏ん張りがきいて身体もしぜんに持ち上がるんでさ。こう摑んで、腕の力も使えますんで」

「ええ、おっしゃる通り」

「ですが、お借りした厠の手すりは、あっしの腰より上のところに、横に付いてるんです。しゃがんだままで手を伸ばしても届かねえでしょうし、立ち上がって摑むにしても位置が高え。介添え人が身体を支えるにしても、使い方が見当できねえので」

「……」

「それに、あれだけ太いと、年寄りには摑みにくいんじゃねえかと」

一見したところ頑丈そうだが、しっかり握ることができないと、身体を支えられないという。

足腰の立たない父親を抱え、日ごろから身の回りの世話をしているだけあって、伝次の目の付け所はさすがというほかない。

むずかしい顔をして、伝次は元のところに腰を下ろす。

「その場では黙ってたんですが、あとで思案すると、やっぱりおかしい気がしやしてね。英之助って人が通ってきてるあいだに、手すりを付け直してもらったほうがよさそうでもあるし、でも、いっぱしの大工の仕事にけちをつけるみてえなのも気が引けやして。それに」

ちょっとの間、いいさして、

「おはるさんも、いい気はしねえでしょうし」

伝次の眉が、ふたたびゆがむ。

「話は心得ました。次にお店へうかがった折に、わたくしもそれとなく見てみます。それはそうと、伝次さん」

おえんは急須《きゅうす》を手にして、伝次の湯呑みに茶を注ぎ足す。

「ご自身のことも、気に掛けてくださいね。伝次さんにぴったりのお嫁さんを、わたくしがきっと見つけて差し上げますから」

「いや、でも……」

しばらくのあいだ、伝次は湯呑みから上がる湯気を見つめていたが、やがて酒でもあおるような手つきで茶を流し込むと腰を上げた。

路地を出ていく後ろ姿が、先にも増して寂しそうに映る。背中ににじんでいるのは、はたして父親を介助する疲れだけだろうかと、おえんはふと思った。

七

おえんが松井屋へ出向いたのは、あくる日の昼前であった。伝次の話を思い返すと、お常から招かれるのを待っていたのでは遅いような気がしたのである。

裏口へまわると、台所がどことなくばたばたしている。

「おえんさま、今日は遣いを出しておりませんが……」

戸口に立つおえんを見つけたおたねが、腰をかがめて近づいてくる。

「ちょっと大お内儀さまにお話ししたいことがありましてね。それより、何かあったのかえ」

「英之助さんが、おいでにならないのです」

おたねが声を低くし、おえんの胸がざわりとする。

「ふだんは五ツには来て細工にかかるんですが、今朝は四ツをまわっても姿が見えませんで……。身体の具合が悪くて臥《ふ》せってるんじゃないかって、おはるがたいそう案じておりましてね。先ほど、英之助さんの長屋へ小僧をやらせたところです」

「そう。ともかく、大お内儀さまに取り次ぎを」

奥の部屋では、お常が友松に肩を揉《も》ませていた。

「おやまあ、呼んでもないのに押しかけてくるなんて、だんだん厚かましくなるものだね」

そういって、お常は向かいに坐ったおえんを見やったが、声には言葉ほど刺々《とげとげ》した響きはない。

「おっ母さん、おいでなさいまし」

居住まいを正した友松が頭を下げる。

この子がお常の心に灯をともし、気力を蘇《よみがえ》らせてくれたのだと思いながら、おえんは友松に微笑みを返した。元姑の口から吐き出される嫌味が何だか懐《なつ》かしく、小気味よくすら感じられるから不思議である。

おえんは畳に指先をつかえた。

「唐突に参りまして、あいすみません。大お内儀さまに、少々うかがいたいことがございまして」

「ふうん、あらたまって何を訊きたいのかえ」

「それが、あの、厠の手すりのことでして」

じっさいの使い勝手を、当人に聞かせてもらおうと思ったのだ。

廊下から声が掛かったのは、そのときだった。

「文治郎です。おっ母さん、入りますよ」

襖が引かれ、敷居をまたいだ文治郎が、おえんがいるのを見て足を止めた。

「あの、お邪魔でしたら出直します」

腰を浮かそうとするおえんに、そこにいて構わないと手振りで示して、お常のかたわらに膝をつく。少しばかり思案して、話を切り出した。

「今しがた、店先に久助《きゅうすけ》親分がお見えになりまして」

「親分が、なんでまた」

お常が怪訝《けげん》な顔をする。久助は、深川界隈《かいわい》を縄張りにしている岡っ引きだ。

「木置場ちかくの商家に、ゆうべ賊が入ったそうです。店の者にけが人や死人は出なかったものの、主人の寝間にあった手文庫《てぶんこ》から金七十両が盗まれたと」

「まあ、そんなことが」

お常が襟許を手で押さえた。友松も目を見張っている。

「深川はここしばらく賊が出ていなかったが、本所では半年ほど前に五軒ほどやられているとか。賊はいまだ捕まっていません」

「……」

「本所を荒らしまわったのと、ゆうべの賊が同じ連中なのか、町方でも調べているそうですが、盗みに入られた家のいずれにも当てはまる点があるという話でして」

「どんなことですか、それは」

訊ねたおえんに、文治郎が顔を向ける。

「どの家にも年寄りがいて、賊に入られる少し前に、大なり小なり普請をしているらしい。隠居所を建て増ししたり、造作を直したり、まあ、そんなことだ」

「じゃあ、ゆうべのところも」

「ああ、先ごろ年寄りの寝間を手直ししたばかりだそうだ。久助親分の話では、一味の中に大工がいて、盗みに入りやすくなるような細工をするんじゃないかといってね」

言葉を切ると、文治郎はいま一度、お常に向き直った。

「そういうわけで、年寄りのいる家を一軒ずつまわっているそうです。何か思い当ることがあるかと訊かれましたが、ないと応えておきました。だってそうでしょう、英之助さんはおはると所帯を持つのが決まっている、れっきとした大工なんだし……」

「木置場ちかくの何というお店か、親分はいっていたかえ」

お常に話をさえぎられ、文治郎の眉がわずかに動く。

「美濃惣《みのそう》といったかな、桶問屋です。町内が違うし、おっ母さんはご存知ないかもしれませんが」

お常の顔色が変わったのを、おえんは見逃さなかった。

「大お内儀さま、どうかなさいましたか」

「存じてますよ。あすこのご隠居に、部屋の造作を直して使い勝手がよくなったと聞いて、うちも……」

途中から唇がふるえて、何をいっているのか聞き取れない。

おえんはすっと立ち上がった。

「旦那《だんな》さま、厠を見せていただけませんか」

「厠が、どうかしたのか」

「わけはともかく、早く」

切羽詰まった口調に気圧《けお》されたように、文治郎が腰を上げる。

「おばあさまには、手前がついています」

お常を友松に任せて、おえんと文治郎が部屋を出る。文治郎に従《つ》いて廊下の突き当たりへ急ぎながら、おえんは伝次から聞いた話を手短に語った。

「すると、この手すりが怪しいというんだな」

厠の戸を引くと、文治郎は壁に横へ渡された手すりに手を掛けた。

「伝次さんは、付いている位置も太さもおかしいと」

「しかし、こんなのが盗みとどう関わるのか」

文治郎が首をひねり、おえんもしばし思案する。

「手すりを何かの取っ掛かりにするんじゃありませんか。たとえば、足場にして出入りするとか」

何気なく天井を見上げて、おえんはあっと息を呑む。

手すりの真上にあたる天井板が一枚ずれて、わずかな隙間ができていた。

八

江戸を大風が吹き抜けていった。深川では水かさの増した川があふれ、床下が水に浸《つ》かった家屋も出たが、松井屋はさいわい被害を被《こうむ》らずにすんだ。

本所や深川の商家に押し入った盗賊が捕らえられた、と岡っ引きの久助が知らせにきた日も、朝から降ったりやんだりの空模様であった。松井屋に英之助が姿を見せなくなって、十日ばかりが経《た》っている。

「まさか英之助さんが、盗人一味だったなんて」

居間に茶を運んできたおはるが、おえんと伝次、そして床の間の前の文治郎に湯呑みを出すと、部屋の出入り口に近いところへ膝を折り、視線を落とした。ふだんのゆたかな表情が失《う》せた顔は、頬がいささか痩《や》せて、心なしか血色もよくない。

界隈の年寄りたちの寄り合い所のようになっていた、披露目屋。あれこそ盗賊一味が世間を欺《あざむ》く表の顔だったのだ。年寄りたちが交わす世間話から裕福な商家に狙《ねら》いを定め、改築や造作の手直しをするとの触れ込みで大工を送り込み、盗み細工を仕掛けておいて押し込みに入るというのが、連中の手口であった。本所でひと稼ぎしたのち入谷《いりや》へ移り、ふたたび深川で暗躍し始めたものの、雲行きが怪しくなったのを察して江戸を離れることにしたのだろう。品川宿で網を張っていた町方により、お縄となった。

松井屋では盗まれた金品はなく、厄介事に巻き込まれると面倒なのもあって、お上に届け出ることはしなかったが、からくりを知って仰天したのがお常であった。心痛のあまり寝込んでしまい、今朝も粥《かゆ》を一口すすったきり、寝間で横になっている。友松がそばについているのが、せめてものなぐさめであるようだった。

茶をひと口のんで、おえんは肩を上下させる。

「厠の手すりがおかしいと伝次さんが気づいてくださらなかったら……。それを考えると、肝が冷えますよ」

「まったくだ。賊がたまたま途中で放り出してくれて助かったようなものの、あのままでいたら、うちも遠からず盗みに入られただろうからな」

文治郎が腕組みになる。

「あっしはただ、大お内儀さんが使いにくいんじゃねえかと思っただけで」

伝次の声が、いくぶんこわばっていた。ひと言なりと礼をいわせてほしいと文治郎が申し出て、伝次は居間に上がったのだが、ふだんと勝手が違って少々硬くなっているのだ。

「あたし、いい笑い者ですね」

おはるがしんみりとつぶやいた。

「有頂天になって英之助さんのことを惚気《のろけ》たりして、みっともない。お店のみんなも、心の中で馬鹿《ばか》にしてるにきまってます」

「そんなこと、いうもんじゃねえ。松井屋のみなさんは、いい人ばかりだ。誰もおはるさんを笑ったりはしねえよ」

伝次が身体ごと振り返って励ますが、おはるはうつむいたきりだ。

「祝言《しゅうげん》で着る晴れ着を誂《あつら》えたのも、嫁入り道具を揃えたのも、まるきりおじゃんになっちまって……」

肩を落とし、見ている者まで気が滅入《めい》りそうなため息をつく。

「あたしばっかり、なんでこんな目に遭わなきゃいけないんだろう」

「いずれにしろ、もう済んだことだ。くよくよしねえで、前を向かねえと」

おはるが恨めしそうに伝次を見る。

「調子のいいことをいうのはよして。伝次さんには、あたしの気持ちなんかわかりゃしないくせに。はなから騙《だま》すつもりで近づいてきた男に引っかかって、まんまと逃げられたあたしの気持ちなんか……」

しまいには鼻声になる。

「おはるさん、いい加減にしねえか」

低く尖った伝次の声が、部屋に響いた。

おはるがびっくりしたように顔を上げ、おえんも思わず振り向く。

「手前を不憫《ふびん》がってめそめそしてるみてえだが、こたびのことがいっとう骨身に応えてるのは、親父さんだと思わねえか」

「お父っつぁんが……？」

「親父さんは、英之助って男の人柄《にん》を見込んで、大切なおはるさんを嫁にやる肚《はら》を固めなすった。なのに、手前の目に狂いがあったと突き付けられたんだ。しかも英之助のせいで、松井屋さんがとんでもねえことになる一歩手前までいっちまって……。親父さんがどんな気持ちでいるか、ちっとは考えてみねえ」

およそ叱《しか》りつけるような口ぶりに、おはるは返す言葉も見つからぬふうだ。

外は、また雨が降りだしたようだった。雨粒が庭木の枝葉を打つ音が、障子ごしにくぐもって聞こえる。

おえんは小さく咳払《せき》いした。

「ねえ、おはる。伝次さんはね、身体の自由がきかないお父っつぁんを抱えておいでなの。ここの厠に付いている手すりがおかしいと気づいたのも、そういうわけでね。今しがたの言い方は少しばかりきつかったかもしれないけど、親思いの伝次さんには、おはるがちょっともどかしく感じられたんじゃないかしら」

口にしながら、つくづく思う。

伝次にとって、おはるは妹などではない。

なんとなし沈んで見えた背中が、如実《にょじつ》に物語っていた。己れはいったい何を見ていたのかと、いささか歯嚙みしたくなる。

おえんは伝次に向き直った。

「伝次さんとはなかなか踏み込んだ話ができないから、ここでいわせてもらいますね。あなたやっぱり、お嫁さんをもらいなさい」

「なっ。お、おえんさん」

伝次の声が裏返った。文治郎も、だしぬけに何をいい出すのかという顔でおえんを見ている。

「あっしは幾度か申し上げた通り、所帯を持つつもりはねえんでさ。一緒になったところで、嫁さんを苦労させるきりですし」

顔をしかめながら、伝次がいう。

「だったらお訊ねしますけど、伝次さんは苦労と思いながら、お父っつぁんのお世話をなさっているんですか」

「そんなこと、これっぱかりも」

心外だといわんばかりに、伝次が首を横に振る。

ひと呼吸おいて、おえんは口を開く。

「苦労って、何でしょうね。仲人なんかしていると、たまにそういうことを考えたりするんですよ。こう、こちらから伸びる糸と、こちらから伸びる糸と」

いいながら、右と左の小指を立ててみせる。

「いずれの組み合わせがしっくりくるか、じっくり見極めて縒《よ》り合わせるのが仲人の腕の見せどころ。でも、わたくしの出番はそこまでなの。縒り合わせた糸を太くしていくのは、ご当人たちですもの」

「……」

「連れ添って歩くあいだには、楽しいときもあれば辛《つら》いときもある。思うに、苦労をひとつ乗り越えると、糸に結び目ができるんじゃないかしら」

「結び目、ですかい」

「そう。苦労を乗り越えるごとに、だんだん結び目がかたくなって、容易には解けなくなる。赤の他人どうしが夫婦になるって、そういうことでしょ」

いつだったか丈右衛門のいっていたことが、おえんの頭をかすめた。父親というのはこの世に生まれてきた子と対面して初めて親の自覚が芽生え、日々を積み重ねながらそれらしくなっていくという。同じことが、夫婦にもいえるのではなかろうか。

「人が齢をとって身体がいうことをきかなくなるのは、いってみれば当たり前。そういう方の身の回りの世話をすることが苦労になるなら、わたくしは少しばかり寂しい気がしますけどね」

「おえんさん……」

「それはともかく、苦労することがなかったら、世の中に夫婦なんてものはありませんよ。だから、伝次さんにはお嫁さんと苦労することを怖がらないでほしいの」

「…………」

「よい伴侶《はんりょ》に恵まれて、生き生きと日々を送る姿を見せるのも、親孝行のうちですよ」

神妙に耳を傾けていた伝次が、はっとした表情になった。

その顔に深くうなずいてみせて、おえんはふたたびおはるに膝をずらす。おえんが伝次に語りかけるのを耳にして、おはるも感じ入ったのか、いくらか目を赤くしている。

いつもならば、このままひと息に畳み掛けて話を取りまとめるところである。だが、こたびばかりはいくら何でも性急すぎる、とおえんは思う。

「いろんなことがいっぺんに起きて、何も考えられない。わたくしにも、覚えがありますよ。でもね、おはるが笑顔になれる日を待っている人がいるのを、忘れないでおくれ」

当面は、おはるが立ち直るのをあたたかく見守るよりほかあるまい。

「おはるさん、あっしでよければ、いつでも力にならせてくれ」

伝次が穏やかな声を添える。

しばらくのあいだ、おはるは目許に袂を当てていたが、やがてゆっくりと顔を上げた。

「いまは自分のことで精いっぱいで……。だけど、誰がいっとう親身になってくれるかは、じゅうぶん心得ました」

　そういって、ふうっと息を吐く。

「いま少し気持ちが落ち着いたら、お父っつぁんに魚の煮付けでも持っていってあげようと思います。伝次さん、そのときは見立ててもらえますか。鯛じゃなくて、すまないけど……」

「おう、任せてくんな」

　伝次が力強く応じるのを見て、文治郎が鼻を鳴らした。

　おえんは湯呑みに手を伸ばして、残っている茶を飲んだ。

　苦労を重ねながら結びつきを深める夫婦もあるが、糸の結び目がいつしか解けて、ばらばらになってしまうふたりもある。

　己れと同じ感慨を、文治郎も抱いているに相違ない。

　そう思うと、ほろ苦さが咽喉を下っていった。

　部屋にはかすかな雨音が続いている。

神かけて

一

暦の上では秋を迎えたものの、松井屋の女隠居、お常の部屋から眺める裏庭には、粘りを帯びた陽射《ひざ》しが降りそそいでいた。

「この暑いのにお灸《きゅう》だなんて、かなわないね。釜茹《かまゆ》での刑じゃあるまいし」

「大《おお》お内儀《かみ》さまったら、大仰な。食が細くて困っているときは、これが効くんですよ。季節の変わり目で、身体《からだ》の調子が狂いかけていなさるんです。この夏は、ことのほか暑うございましたもの」

そういって、おえんは蒲団《ふとん》の上に投げ出されたお常の脛《すね》をさする。もぐさが据えられているのは膝頭《ひざがしら》から少しばかり下、足三里というツボだ。

昼日中は夏の名残りを留めていても、日が暮れると風がひんやりしてくる。明け方に思わぬ肌寒さをおぼえて、目が覚めることもしばしばだ。

ふだん、お常に灸を施すのは女中頭のおたねだが、このところの気まぐれな陽気のせいで腹具合が思わしくなく、女中部屋で休んでいる。そんなわけで、床で仰向けになっているお常のかたわらで、おえんが線香を手にしているのであった。

ちょこんと盛り上がったもぐさの頂《いただき》から細く立ちのぼる煙が、光に満ちた裏庭へ流れていく。

根気よく灸を据え続けたおかげで、しなびた大根みたいだったお常の足がふわんと弛《ゆる》んできた。血の巡りがよくなって、全身がほかほかしているのだろう。釜茹でというのも、当人にしてみれば大仰ではないのかもしれない。

線香の火がついている先を灰受け皿の縁に立てかけて、おえんは床をのぞき込む。

「いまのうちに調子を整えておきませんと、まことに寒くなってから、にっちもさっちもいかなくなります。せっかく腰も癒《よ》くなられたのですし」

「年寄りが息災でいたところで、どんな御利益《ごりやく》があるのかねえ。このままはかなくなっても構わない気がするよ」

お常の口ぶりが、いつになく弱々しかった。

「また、そんな。胃や腸の具合がよくなれば、美味《おい》しいものが召し上がれますし、腰もこの調子でしたら、行きたい場所へご自身の足で歩いて行けますよ」

気持ちを引き立てるような言葉にも、お常は天井へ向けて太い吐息を洩《も》らすきりだ。

松井屋のある深川界隈《かいわい》では、夏に商家が賊に入られて金品を奪われた。松井屋も一味に目を付けられていたが、すんでのところで難を逃れている。

しかし、連中の手口が浮かび上がるにつれ、狙《ねら》われたそもそものきっかけが己れの言動にあったと明らかになって、お常はただならぬ衝撃を受けていた。身体に齢《とし》相応のがたがきて、気持ちも脆《もろ》くなりつつあるところに、追い打ちをかけられたのである。

少しでも、支えになって差し上げたい。そんな思いで、おえんはほかに用がないときは、なるたけ顔を出すようにしている。

「友松がお嫁さんをもらうまで、大お内儀さまには達者でいていただきませんと。これぱかりは、わたくしが口を出すわけに参りませんし」

灰になったもぐさを取りのぞきながら、おえんはさらりという。

嫌味をこめたつもりはなかったが、お常は幾ばくかの毒を感じ取ったようだ。

「お前に案じてもらわずとも、友松の嫁はわたしが見つけます。せいぜい長生きさせてもらいますよ」

声にわずかな張りがもどったのを察して、おえんは内心ほっとした。いまのお常をなぐさめることができるのは灸でもおえんとのお喋《しゃべ》りでもなく、友松の存在そのものといって過言ではない。

宙へ目をやったまま、お常が口を動かす。

「友松は、他人《ひと》の気持ちがたいそうわかる子です。先だっても、ため息をつくわたしを見て、部屋の障子をすっかり開けちまってね。おばあさま、ため息はお天道《てんとう》さまの光がぜんぶ吸い取ってくれますって、そんなことをいうんだよ。わたしが落ち込んでいるのを察して、力づけようとしてくれたんだろうね」

友松のこととなると目に生き生きとした光が宿るのも、当人は気づいていないだろう。

苦笑しながら、おえんは応じる。

「相手の深いところまで観《み》ているのでしょうね。そうでないと、他人の立ち場で物を考えることはできませんもの」

「奉公人のことも、うんと観ていますよ。おたねはしっかり者だけど情に脆いとか、おはるは朗《ほが》らかに見えて細かいことでくよくよするとか、わたしも感心するくらいで」

「まあ」

「あの子なら、奉公人の心を摑《つか》んで立派な主人になれますよ。文治郎なんかより、よほど」

文治郎を子供時分から溺愛《できあい》してきたお常のいい草に、おえんは啞然《あぜん》とするばかりだ。

しかし、その友松が今日は不在であった。育ての親のおなみが佐原へ帰るので、別れをいいに行ったのだ。佐原で亭主、金之介とともに乾物屋を営んでいるおなみは、友松を伴って江戸へ出てきたついでに、商いの取り引き先をまわっていた。ひと月ほど逗留《とうりゅう》する見通しだったのが、だいぶ延びているらしい。もっとも、芝にある親戚《しんせき》の家に泊めてもらっているそうだから宿賃はかからないし、友松もこれまでに幾度か訪ねていっている。

江戸を去りがたいのだろう、とおえんはおなみの気持ちを慮《おもんぱか》った。友松と血のつながりはないとはいえ、十年ほどの月日を親子として過ごしたのだ。それも、手習い所に通い始める頃から前髪が取れて元服《げんぷく》するまでの、子育ての旬《しゅん》ともいうべき時期をすぐそばで見守ってきたのである。だが、おなみもようやく踏ん切りをつけたとみえる。

別れを先延ばしにするとのちのち辛《つら》くなるし、松井屋でやっていくと肚《はら》を決めた友松にも迷いが生じるのではないか、と人知れず気を揉《も》んでいたおえんにとっては、おなみにはすまないが、どこかほっとする心持ちもある。

「それにしても、友松は遅いことだねえ」

天井を見つめていたお常が、眉間《みけん》に皺《しわ》を寄せた。

「五ツにもどるといって出かけたのでございましょう。まだ四《し》半刻《はんとき》はありますよ」

おえんは肩をすくめる。先刻も同じやりとりを交わしたばかりだ。

部屋の障子越しに、廊下の声が聞こえてくる。

「ええと、手すりはこの位置に付けてもらえますか」

声の主は、魚売りの伝次であった。

「ふむ。そこだと、ちっと低かねえかい」

「手すりってのは、摑まるより身体の重みを預けられるくらいがいいんでさ。寄りかかりながら、前へ進めるんで」

「ふうん、なるほどねえ。たしかに、理にかなっている。いやあ、お前さん、見上げたもんだ」

感服しているのは、古くから松井屋に出入りしている大工だった。「うちにいる年寄りのことを考えて造作に手を入れたものの、しっくりこなくてね。親方に手直しをお願いしたいんだ。初めから親方に注文するのが筋なんだが、どうにも断れないつき合いがあったもので……」と文治郎がじきじきに頼んだところ、嫌な顔ひとつ見せずに請け負ってくれた。

伝次は、卒中の後遺症で身体が思うようにならない父親を抱えている。身の回りの世話をする折の知恵がふんだんにあって、それを大工に伝授しているのだった。

伝次と大工の足音が廊下を遠ざかっていき、入れ替わりに彦四郎《ひこしろう》の声が届いてくる。

友松のお供についていった手代だ。

「あら、もどってきたみたいですよ」

お常に告げる自分の声が、思いのほか浮き立っていた。友松の帰りを待ちわびていたのは、ひょっとしたら己れのほうかもしれない、とおえんは思う。

しかしながら、友松はなかなかお常の部屋に顔を見せなかった。

「わたくし、様子を見て参ります」

腰を上げて廊下に出ると、おえんは友松が寝起きしている部屋の前に立った。

「友松、もどっているのでしょう。おばあさまが待っておられますよ」

返ってくる声はないが、中に人の気配はある。開けますよ、と断って障子を引くと、薄暗い部屋に突っ立っていた友松が、ゆらりと首をめぐらせた。

「あ……、おっ母《か》さん」

いくぶんぎこちない口調でいって、目をまたたく。

育ての親と離れ離れになる心情を思いやって、おえんは胸が詰まった。

「着替えをすませたら、向こうへおいでなさい。お前の好きなあられを買ってきてありますよ」

つとめて明るくいうと、

「はあ」

友松はわずかにうなずいたものの、着替えにかかろうとはせず、おえんの脇《わき》をすり抜けると廊下へ出た。どことなく、心ここにあらずといった態《てい》だ。

「疲れているのでしょう。いいのよ、気持ちが少し落ち着いてからでも」

おえんの声が耳に入らないのか、お常の部屋のほうへふらふらと歩いていく。

小さく息をついたおえんは、障子を閉めようとして、敷居《しきい》際《ぎわ》に紙片が落ちているのに気がついた。

友松が落として行ったのかしら。

拾い上げた紙は四つに折り畳まれており、広げてみると見当した通り友松の字が並んでいる。

時折、友松とお常が机を並べて書をたしなんでいるのを、おえんも幾度か見かけたことがある。佐原では商家にいたのもあって、友松は読み書き算盤《そろばん》をひととおり身に付けていた。筆跡には人柄が出るもので、友松の字は素直でやや丸みを帯びている。

何気なく目をはしらせたおえんだったが、やがて紙片を畳み直すと、じっと考え込んだ。

　部屋の隅に置かれた行燈《あんどん》には、灯が入っていた。

　おえんにそのつもりはなかったものの、お常のひと言で夕餉《ゆうげ》を食べていくことになったのである。

二

　主人の居間で文治郎が床の間を背にして坐《すわ》り、文治郎から見て右手に友松が、左手にお常とおえんが膝を並べている。文治郎が家の者と食膳《しょくぜん》をともにするのは、おえんが松井屋にいた時分にはないことだった。盗人の一件があってからこっち、文治郎が母を気遣って一緒に食べるようになったのだ。

　膳の上には、茄子《なす》田楽、刺身の盛り合わせなどが載っている。

「昼すぎに、久助親分が見えましてね。先だって捕らえられた盗人一味のことで」

　箸《はし》で茄子をつまみながら、文治郎がお常に顔を向けた。

「お前、何もそうしたことを、食べながら話さなくても」

「そうはいっても、お耳に入れておいたほうがよいこともありますし」

茄子を口に入れて咀嚼《そしゃく》したのち、文治郎は箸を持ったまま腕組みになる。いささか行儀がよくないが、かつて夫であった男のそういう仕草を見るのが新鮮で、おえんは少々目を見張りながら訊《たず》ねた。

「久助親分は、どのようなお話を」

文治郎がおえんに目を移す。

「奉行所で取り調べが進んでいる最中だが、残党がまだ潜んでいるかもしれないそうだ」

「深川にですか」

文治郎が重々しくうなずく。

「ああいう連中は盗み先に目星をつけると、まずは手引き役を送り込むらしい」

「手引き役……」

「そのお店《たな》の間取りだったり、家の者や奉公人の頭数だったり、そういう事柄を拾い集める役どころだ。たいていは盗みに入る少し前に、奉公人となって潜り込む。盗人たちがひと仕事終えると、手引き役は知らん顔でお店から暇を取るという寸法だ」

すかさず、お常が口を挿《はさ》む。

「だったら、うちは案じることなんてありませんよ。あの大工はもういないし、このところ新たな奉公人は雇い入れていないもの」

だが、文治郎は顔つきを引き締めたままだった。

「手引き役は、ひとりとは限らないそうです。先に捕まったのは連中の一部だったようですし、引き続き用心したほうがいいと、久助親分もおっしゃっていました」

文治郎が話すのを、友松も神妙な面持ちで聞いている。

松井屋の場合、盗人の手引き役をつとめていたのは大工の英之助であった。お常の使い勝手がよくなるように家の造作を手直しすると見せかけて、盗み細工を仕掛けていたのだ。その英之助もお縄となり、盗人の足掛かりになりそうだった手すりも、伝次の知恵を借りて本来あるべき位置に付け替えられつつある。

事の経緯を頭の中でなぞりながら、しかし、おえんは何かを見落としている気がしてならない。

口にこりっとした歯応《はごた》えを感じて、物思いから覚めた。思案にふけりつつ、箸を動かしていたのだ。

弾力のある独特の食感は、鮑《あわび》ならではのものだった。長屋住まいの身では、もとより鮑など口にはできないが、魚市に出入りのあるおりつの話によると、今年は房総での鮑漁がふるわず、日本橋に入ってくる量も例年と比べてぐっと落ち込んでいるという。それを耳にしたのが先月のこと、時季もしまいに差しかかったいまごろになって、漁が盛り返してきたとみえる。

それにしても、とおえんは文治郎をちらりと窺《うかが》う。このあいだの鰹《かつお》もだが、奢《おご》ったものばかり食べていて、松井屋の内証は大丈夫なのだろうか。

文治郎がおえんの兄、丸屋吉兵衛《きちべえ》から金百両を借り入れたのは、今年の年明けであった。あのあと、にわかに松井屋の商いがうまく回り始めたのか、それとも、友松が帰ってきて少々の贅沢《ぜいたく》には目をつぶる気になったのか。

いずれにせよ、女は商いに口出し無用という文治郎のことである。おえんが案じたところで、どうなるものでもない。

磯の香が鼻から抜けていくのを感じながら何の気なしに目をやると、折しも友松が鮑の刺身を口許《くちもと》へ持っていくところだった。

「やっ、お待ちっ」

おえんはやにわに膳を前へ突き出すと、友松に躍りかかるようにして箸を力いっぱい払いのけた。

箸が横へ飛び、鮑が畳に叩《たた》きつけられる。

「おい、おえん」

文治郎があっけにとられていた。

お常は帯の上を手で押さえている。

友松も目をしばたたいていた。

胸が異様にどきどきしている。肩を喘《あえ》がせながらおえんが振り絞った声は、悲鳴に近かった。

「なにゆえ、なにゆえ鮑が友松の膳に」

「どうかなさいましたか」

部屋の障子が開いて、おはるが慌《あわただ》しく入ってくる。

おえんは、おはるをきっと睨《にら》んだ。

「お前、友松を殺す気かい」

「えっ」

おはるが目を丸くする。

しかし、その顔を見返しながら、おえんもまた困惑していた。短いあいだに、さまざまな思案が頭をかけめぐる。同時に、先ほど目を通した紙片の文面が、脳裡《のうり》によみがえった。

おえんは身体を起こすと、友松に向き直った。

こちらに向けられた友松の顔が、いやにのっぺりして見えた。その輪郭がにわかにぼやけて、得体の知れない薄気味悪さがおえんを抱きすくめてくる。

「あなた、いったい、何者なの」

ひと言ずつ区切るように訊ねると、友松が虚を衝《つ》かれた表情になった。

行燈の灯がまたたき、部屋の壁に映る影が揺らめく。

「おえん、どうしたんだ。さっきからおかしいぞ。友松は、友松じゃないか」

文治郎がたしなめるふうにいって、

「まったく、どうかしている。おっ母さんからも、ひと言いってやってください」

お常のほうに視線をやる。

「そ、そこにいるのは、と、友松ではないかもしれないよ」

お常が声をかすれさせた。

「と、友松は鮑を口にすると身体の具合が悪くなるんだ。は、初めて食べたときは、発疹《ほっしん》がみるみるうちに身体じゅう広がって、赤く腫《は》れ上がって……。それで、医者に意見されてね。次に食べると咽喉《のど》が腫れて息が塞《ふさ》がるかもしれない、だから二度と口にしてはならないと」

「そ、そんな。わたし、存じ上げなくて……」

おはるが泣きそうな顔になる。

「私も初めて知った。友松の身体に、そうした性質があったとは」

文治郎も驚きを隠せない。

「何よりも、友松自身が鮑に懲《こ》りてね。あれほど苦しんだのを、当人が忘れるはずはないだろうに……」

お常の言葉を耳にするうちに、おえんの頭にのぼった血が少しずつ下りてくるようだった。ふと、おたねが部屋で休んでいるのを思い出す。日ごろ、主人一家の膳はおたねがひとりでととのえており、刺身の盛り合わせなども友松の器には鮑が入らぬよう気を配っていた。

床の中にいるおたねがおはるに与える指図から、鮑についての注意が抜け落ちていたのかもしれない。おはるにしても、頭に入れることがありすぎて手一杯だったろう。

文治郎が腕組みになり、深々と息を吐く。眉間にくっきりと皺が刻まれていた。

「あらためて訊ねるが、お前はどこの誰だ」

今しがたまで友松と呼ばれていた若者は、顔色が蒼白《そうはく》になっていた。着物の膝をぎゅっと摑み、視線をうろうろと泳がせている。

「ふむ、応えられんか」

「じゃあ、このことは応えられるかえ」

おえんが袂《たもと》から紙片を取り出すと、若者があっと息を呑《の》んだ。

「おえん、それは何だ」

文治郎にうながされ、おえんはいざって紙片を手渡す。

そこには、文治郎とお常が起床してから夜、床に入るまでのあれこれが、事細かく記されていた。文治郎が甘いものを食べに八ツ時になると居間へ引っ込んでくることや、お常が簞笥《たんす》の奥にへそくりを隠していること、ふたりが厠《かわや》へ行く回数まで書いてある。また、松井屋の金蔵の鍵《かぎ》は仏壇の脇に置かれた手文庫にしまってあるが、毎日きまった刻限に文治郎が取り出して、金蔵の中をあらためることにも触れてあった。

「どうして、こんな……」

文治郎が声を上ずらせる。

がくりと肩を落として、若者が畳に両手をついた。

「て、手前は、笹太郎《ささたろう》と申します。こちらさまの友松さんではございません」

咽喉の奥から絞り出すような声だった。

おえんは思わず、両手で顔を覆《おお》う。

しばらくのあいだ、部屋はひっそりと静まり返った。

おえんが顔を上げると、行燈のあかりがにわかに暗くなった気がした。

文治郎が紙片に書かれている文面を二度、三度と目でなぞり、

「どうも盗人の一件と関わりがあるように思えてならんな」

険しい顔を、笹太郎と名乗った若者へ向ける。

「引き込み役は、あの大工だと思っていたが、お前もそうなのか」

「だ、断じて、そのようなことは。あの大工は、見ず知らずの人です」

笹太郎がところどころつかえながら、それでもしっかりとした声で応えた。名乗ったのちは、すっかり観念したとみえる。

「でたらめなことをいうと、許さんぞ」

「でたらめではございません。これは人助けだと、おなみさんにいわれたんです」

文治郎の眉が持ち上がった。

「人助けだと」

「寂しいお年寄りの話相手になって、手持ち無沙汰《ぶさた》をなぐさめてやれと……」

だしぬけにお常の上体がぐらりと揺れ、とっさにまわり込んだおはるが肩を支えた。

「あの、笹太郎さん……。おなみさんとは、どういう間柄なの」

おえんが訊ねる。

「あの人は、育ての母でも何でもございません。佐原にあるお店も、手前は知らないのです。今日も、芝の宿屋を訪ねましたが会えずじまいで、わけがわからなくて……」

松井屋へ帰ってきたときに様子がふつうではなかったのはそういうことだったのかと、おえんは得心した。

「しかし、これはどういうことだ。こんなのが盗人の手に渡ったら、えらいことになる」

文治郎が手にした紙片を突き出すと、笹太郎は当惑した表情になった。

「おなみさんにいわれた通りにしただけで、手前にはまことに皆目……」

「出ておゆき」

笹太郎の言葉を、お常がさえぎる。

「お前の顔なんか、見たくもない。金輪際、わたしの前に現れないでおくれ」

「おばあさま」

「お前にそう呼ばれる筋合いはないよ。ああもう、声も聞きたくない」

叫ぶようにいって耳を塞いだお常の声が、悲痛に響いた。

いまごろ、あの子、どこでどうしているかしら。

三

江戸橋の袂に立って、おえんは足許を流れる日本橋川の川面《かわも》を見つめていた。

友松の名を騙《かた》って松井屋に潜り込んでいた笹太郎は、二度と深川に近づかないことを約した念書を取られ、店を追い出された。盗人との関わりについても限りなく黒に近いと思われたが、松井屋では体面に瑕《きず》がつくのを恐れてお上に届け出てはいない。

文治郎もお常も、笹太郎の申し開きを受け付ける気はつゆほどもなかった。おえんが笹太郎に別れの言葉をかける折もなく、店を出たあとどこへ行ったのかもわからないので、当人にどのような仔細《しさい》があったのか知る由《よし》もない。

薄雲の広がる空を映して、水面は暗い緑色に沈んでいた。おえんにはどうしても、笹太郎が根っからの悪党とは思えなかった。川の流れに、途方に暮れた笹太郎の面影が重なる。

橋の袂ではさほど風を感じないが、空の高いところでは吹いているとみえ、ほどなく雲が割れて陽射しがひとすじ降ってきた。水面に反射して砕け散った光は存外に眩《まぶ》しく、おえんは目がちかちかした。

「小母《おば》ちゃん、おえん小母ちゃん」

粂太が橋板を鳴らして駆け寄ってきた。

「粂太、ひとりで先に行くなよ」

呼びながら、留吉《とめきち》が追ってくる。その後ろには、お杵や平吉《へいきち》の顔もあった。いずれも芽吹長屋に住んでいる子供たちだ。めいめいが、胸の前に亀《かめ》を抱えている。

腰をかがめて、おえんは一匹ずつ見まわした。

「いずれの亀も威勢がいいことね」

亀たちは首を伸ばし、胴体から手足を突き出してばたばたと動かしている。

「お前ら、そんなにはしゃぐと転ぶぞ」

子供たちの後から、辰平が財布の口に紐《ひも》を巻きつけながらあらわれた。

八月十五日は、放生会《ほうじょうえ》の行われる寺社が数多くあった。仏教における不殺生《ふせっしょう》の教えに基づいて、捕らえられた生き物を放ってやる儀式が、放生会である。

もっとも、江戸の人々はそうした堅苦しいことは脇へ置いて、ご先祖さまの供養《くよう》と自身の徳を積む催しといったくらいに捉《とら》えていた。寺社ばかりでなく、橋の上や池の端などでも、水辺に放つ亀や鰻《うなぎ》が一匹につき四文ばかりで売られている。

子供たちの母親、おまつとおさきはそれぞれに用があるというので、おえんと辰平が放生会に連れていくことになったのだった。辰平はおさきの弟で、留吉の叔父にあたる。

「よし、放しにいくぞ」

十二歳で、もっとも年長の留吉が子供たちの先頭に立ち、川岸の石段を下りていく。おえんと辰平も後に続いた。

「いいか、いっせーので放すんだ」

「誰の亀がいっち早く泳ぐか、競争だぞ」

「それ、いけっ」

「おい、掛け声に合わせろといったじゃねえか」

わいわい騒がしい中で、どうにか亀が子供たちの手から放たれる。

水の中をゆったりと泳ぎだした亀を見て、おえんはしぜんに手を合わせる心持ちになった。父と母が、あの世でも仲よく暮らしていてくれればと思う。

隣にいる辰平も、川に向かって合掌している。その横顔を見ながら、おえんは胸苦しいような気がした。五年ほど前、江戸に甚大《じんだい》な被害をもたらした地震で、辰平は女房と娘を亡《な》くしている。

じゃぶじゃぶと音がするほうへ目をやると、藍木綿《あいもめん》を尻端折《しりはしょ》りにした男が川に入って腰をかがめていた。橋の上で放生会の生き物を商っている男だ。水の中を泳ぎまわる亀や鰻を捕まえて、ふたたび売り物にするのである。放生会ではお馴染《なじ》みの光景だった。

辰平とおえんは、苦笑しながら顔を見合わせる。

「叔父さん、通りの屋台に出てた団子が食いてえな」

辰平のかたわらに、留吉がきていう。ほかの子供たちも、上目遣いになっている。

「しょうがねえな。姉さんには黙ってろよ」

辰平が懐《ふところ》から財布を取りだすと、わあっと声が上がった。

石段を駆けのぼっていく姿を見届けると、

「本物の友松っつぁんは、どこにいるんだろうな」

辰平はそういって水面へ視線を投げた。留吉たちを連れてくる道すがら、おえんはこれまでの経緯を辰平にざっと打ち明けている。

「おえんさんが本物の友松っつぁんに巡りあえますようにって、俺も手を合わせたよ。いまは辛《つれ》えだろうが、あまり力を落とさねえようにな」

ふだんから口数が少なく、さほど感情をおもてに出さない辰平が、そんなふうに考えてくれていたとは。おえんの胸が、さっきとはまた違った具合に苦しくなった。

「それにしても、堪忍《かんにん》ならねえのは笹太郎ってやつだ。お店の方々がお腹立ちになるのも当たり前だよ。おえんさんも、はらわたが煮えくり返る思いだろう」

一変して、辰平の表情が険しくなる。

おえんは手許に目をやった。

「大お内儀さまのお気持ちを察すると、いたたまれなくなります。友松は救いというか祈りというか、そういう存在だったんですもの。でも、わたくしは……」

「おえんさんは、違うのかい」

辰平がいぶかしそうにおえんを見る。

「いろいろと思うところはありますけど、腹立たしいのは、笹太郎さんよりむしろおなみさんのほうで」

おえんにしてみれば、母親どうし己れの気持ちをおなみに重ねたこともあっただけに、踏みにじられた感じが濃い。何といっても容赦ならないのは、我が子を思う母の情を手玉に取られたことだ。

「大お内儀さまのこともひっくるめて、悲しいし、悔しい。情けなくもあって、どういえばいいのか、ひとことではとてもいいあらわせなくて……」

おえんは唇を噛《か》みしめた。

「たしかに、たまらねえな」

辰平も顔をしかめる。

にぎやかな声とともに、団子の串を手にした留吉たちがもどってくる。いずれの子の顔も、笑みでほころんでいた。

「あいつらは呑気なもんだなあ」

あきれたように、辰平が首の後ろへ手をまわす。

「子供は呑気でいてくれるのが、何よりですよ」

気を取り直すようにいって、おえんは目を細めた。

川辺には、放生の亀を抱えた人たちが次から次へと押し寄せてくる。

亀が川に放たれる様子を、何とはなしに留吉たちと眺めていると、

「おーい、粂ちゃんに留ちゃんじゃねえか。平ちゃんにお杵ちゃんも」

石段の上で、男の子の声がした。

「あ、康太郎ちゃんだ」

粂太と留吉が、駆けていく。

康太郎の後から石段を下りてくる女に向かって、おえんは手を掲げた。

「お俊さん。それに戸倉さまも」

「あら、おえんさん」

手で合図を返しながら、お俊が近づいてくる。

お俊は、おえんが娘時分に通っていたお針の稽古《けいこ》仲間で、いまはひとかどの組紐職人であった。七つになる康太郎は、死に別れた亭主とのあいだに授かった一粒種だ。身体の前に、体格のひときわ立派な亀を抱えている。

「お俊さんに、こんなところでお目にかかるなんて」

「康太郎が幾日も前から、佳史郎さんと亀を放すのを楽しみにしていてね」

お俊が振り返ると、やや後ろに立っている戸倉佳史郎がおえんに腰をかがめた。おえんがふたりのあいだを取り持ったのは、木々の若葉が萌《も》え出る季節であった。

「このへんで、放そうかな」

康太郎が、水辺にしゃがみ込む。いつのまにか隣には佳史郎が付き添って、何やら指図を与えている。その周りを、留吉や平吉たちが取り囲んでいた。

佳史郎は、面白いお話をその場でこしらえて聞かせてくれるので、芽吹長屋の子供たちから絶大な人気を誇っている。ただし、本業にしているのは男女のあれやこれやを綴《つづ》った大人向けの戯作《げさく》書きであった。

水辺の光景をいとおしそうに眺めていたお俊が、おえんに肩口を寄せると、

「ところで、こちらさまはどなた」

辰平をちらっと見上げた。

「ええと、こちらは相店《あいだな》にお住まいの辰平さん。貸本屋をなさっているの」

どういうわけか、おえんはどぎまぎしながら応じると、首をめぐらせて、

「辰平さん、こちらはお俊さんといって、わたくしの友人です。先に戸倉さまとお見合いなさったのは、この方なんですよ」

「ああ、あのときの」

辰平が合点したようにうなずいた。

「初めまして、俊と申します」

辰平に軽く頭を下げたお俊が、おえんの袖《そで》をさりげなく引いてよこす。

「おえんさんが、わたしに佳史郎さんをすんなりと引き合わせてくれたのは、こういうわけだったのね」

「な、何のこと」

おえんは咳《せき》払いをすると、

「お俊さんは、戸倉さまとうまくいってるみたいじゃないの」

「ええ、おかげさまで。とにかく、康太郎がなついてね」

はぐらかしたおえんを可笑《おか》しそうに見たきりで、お俊は次の話にすっと応じる。

「佳史郎さんが家を訪ねてくると、くっついて離れようとしないのよ。帰り際には、めそめそ泣いたりして」

「それなら、さっさと祝言《しゅうげん》を挙げたらいいのに。きっと康太郎ちゃんも喜んでくれるわ」

お俊の表情が、わずかに曇った。

「どうしたの、お俊さん。何か気掛かりでも」

差し障《さわ》りがあるのだとしたら、友人としても仲人としても、捨て置くことはできない。

帯の前で組んだ手に、お俊が視線を落とす。

「それがね、所帯を持つには戯作で当たりをとってからじゃないと格好がつかないって、佳史郎さんがいうの。佳史郎さんの潤筆《じゅんぴつ》料とわたしの手間賃を比べても、じつのところはおっつかっつなんだけど、それだとわたしのひもみたいで気が引けるんですって」

「はあ」

おえんはいささか拍子抜けしたが、妙に頑《かたく》なところがある佳史郎が口にしそうなことではあった。

おっ母さん、と前の方で声がした。康太郎が亀を放し終えて、お俊に手を振っている。かたわらに寄り添う佳史郎も、穏やかに微笑《ほほえ》みかけている。

いま参りますよ、と返しておいて、お俊がおえんを振り返った。

「そうそう、おえんさんに頼みたい仕立物があるの。引き受けてもらえるかしら」

「むろんよ。いつでもお待ちしてるわ」

「じゃあ、近いうちに」

お俊は辰平にも会釈《えしゃく》をして、康太郎たちのほうへもどっていく。雲の合間から洩れてくる陽射しが、お俊と康太郎、そして佳史郎に差しかけていた。

三人の後ろ姿に目をやりながら、辰平がやれやれといった口調でいう。

「佳史郎の作には、根強いご贔屓《ひいき》がついてるんだ。まあ、書いているものが書いているものだし、売れ筋からは少しばかり外れてるけど、佳史郎の作じゃなきゃ読まねえって人がいるのはてえしたもんだよ。筆の力は折り紙付きなんだし、見栄《みえ》なんか張ってねえで所帯を持っちまえばいいのになあ」

四

笹太郎が長屋を訪ねてきたのは、あくる日の昼前であった。

「あ、あの、おえんさまにせめてひと言、お詫《わ》びを申し上げたくて……」

おえんの顔を見るなり、おどおどといって深く腰を折る。

この二十日ばかり、おえんは笹太郎のことを案じてはいたものの、よほどの巡り合わせにでも恵まれない限りふたたび会うことはないだろうとあきらめていたので、まぼろしを見ているのではないかという心持ちがした。

「ええと、その、瀬戸物町の芽吹長屋にお住まいと、前にうかがいましたので……」

黙っているおえんが、どうしてここを知っているのか不審がっていると受け取ったらしく、笹太郎が言葉を足す。

頰のあたりの肉が心なしか落ちたような顔に胸を痛めながら、おえんは土間を振り返る。

「笹太郎さんのこと、わたくしも気になっていたんです。立ち話も何だし、上がってくださいな」

そう勧められても、笹太郎は戸口でもじもじしている。

「どやしつけたりしませんから、どうぞ」

重ねてうながされると、ようやく腰をかがめて入ってきた。

遠慮がちに框《かまち》を上がった笹太郎が、長火鉢の前に出されている湯呑みに目を留める。

「お客さまがおありだったのですか」

「さっきまでおたねがいたんですよ。路地で行き会わなかったかしら」

「おたねさんが……」

小さくかぶりを振って、笹太郎が膝を折った。

おえんは空になっている湯呑みを流しへ下げ、長火鉢の脇に坐って笹太郎の茶を淹《い》れにかかる。

茶の入った湯呑みが前に置かれると、笹太郎は顔つきを引き締めて両手をついた。

「このたびは、何といってお詫びすればよいのか……。おえんさまを欺《あざむ》くつもりなど、これっぽちもなかったんです」

額を床にこすりつけんばかりになっている。

おえんは何ともいえない気持ちがした。笹太郎がおなみに伴われて松井屋にあらわれたときから、どこがどうとはいえないものの、おえんは薄皮一枚の違和を覚えていた。笹太郎が友松ではないと明らかになってがっかりしたのはたしかだが、やはりそうかとも、どこかで思っている。母親だけに備わっている勘とでもいうものを己れも持ち合わせていたのかと、自分でも不思議な気がする。

いずれにしても、その勘が働いていなかったら、笹太郎を我が子と信じきって、いまも事の成り行きを受け入れることができずにいるに相違ない。

ひたすらに頭を下げている笹太郎が、おえんの目に痛ましく映った。

「どうぞ、お手をお上げになって。申し訳ないと思うのなら、真実《まこと》のことを聞かせてもらえるかえ」

穏やかに声を掛けると、笹太郎はゆっくりと顔を上げた。依然として、表情が硬い。

おえんは笹太郎に茶を飲むよう勧め、自分も湯呑みに手を伸ばした。

「笹太郎さんは、どちらの笹太郎さんなの」

少々くだけた口調で切り出すと、

「手前は、もとは木挽橋《こびきばし》の東詰にあった筆屋、千歳屋《ちとせや》の伜《せがれ》でございます」

湯呑みに口をつけた笹太郎が、おずおずと応じた。

「木挽橋の……。今日は、そちらからいらしたの」

おえんが訊ねると、笹太郎は湯呑みを下に置いて、膝に手を載せた。

「千歳屋は、いまや跡形もありません。手前は、店に筆を納めていた職人の家に、厄介になっています」

ぽつりぽつりと、身の上を語り始める。

笹太郎の父、由兵衛《よしべえ》が構えていた木挽橋の店は分家で、本家の千歳屋は由兵衛の兄、利左衛門《りざえもん》が当主をつとめ、浅草で太物屋《ふとものや》を営んでいた。屋号は同じでも、本家と分家で客を取り合うことがないよう、商う品を違える例はわりとある。

その本家から火が出て店と蔵が全焼し、主人一家と奉公人四人がひとり残らず焼け死んだのは、いまから一年ほど前のことだった。

死者の弔いや、本家とつき合いのある取り引き先へのあいさつ回りに奔走する由兵衛の許を、ある日、小海屋《こうみや》と名乗る男が訪ねてきた。小海屋が懐から取り出した証文によって、由兵衛は兄が二百両もの金を借りていたのを知るところとなった。

「父は伯父から何も聞かされていなかったのですが、だいぶ前から本家の台所は火の車だったようでございます。幾つかの取り引き先から金を融通してもらっていたのが、亡くなったあとにわかったそうで……」

返済を肩代わりするため、由兵衛は筆屋の金を持ち出して急場をしのいだものの、新たに突きつけられた二百両というのは、とんでもない額だった。筆屋の店と土地を抵当に入れて金を工面しようとしたが、それではとても間に合わない。

連日、金策に駆け回っていた由兵衛であったが、冬の寒い朝、蒲団の中で冷たくなっているのが見つかった。

「まあ」

おえんは顔をしかめた。

「父は日ごろから、いちど交わした約束はきっと守るように、と手前にいい聞かせておりました。伯父のこしらえた借金を躍起になって返そうとしたのも、己れの信条に忠実であろうとしたのだと思います。ですから、手前も小海屋さんに、何としても金は返すと申し上げました」

「それで、向こうは何と」

「小海屋さんも、親身になって相談に乗ってくださいまして……。店と土地を手放したうえに金をこしらえるとなると、手前の妹を岡場所に売るよりほかないのではと、そうおっしゃいまして」

「おや、妹さんがおありなの」

「手前と二つ違いで、十五になります。ほかにきょうだいはありません」

「おっ母さんは」

「手前が十のときに、病でこの世を去りました」

笹太郎が小さく鼻を鳴らし、茶をひと口すする。

「いくら金を工面できるといっても、妹を岡場所へやるのはどうにも不憫《ふびん》に思われまして……。手前にできることがあれば何でもすると申しましたところ、それならと小海屋さんに持ち掛けられたのが、松井屋さんのお話だったのでございます」

目をわずかに伏せて、笹太郎が言葉を続ける。

「友松さんになりすますのは気が進まなかったものの、人助けになるとうかがいましたので、引き受けることにいたしました。おなみさんには、松井屋さんを訪ねる前の日に初めてお目にかかったのです」

寂しい年寄りの手持ち無沙汰をなぐさめるよう指図を受けた、と先に笹太郎がいったのをおえんは思い出した。

「おばあさまと旦那《だんな》さまの一日の動きを書き付けてよこせといわれたときは、ちょっとおかしいと思ったのですが、いい出すことができませんでした」

笹太郎には、借金を返さなくてはならない負い目があった。

笹太郎と自分の湯呑みに茶を注ぎ足し、少しばかり飲んでから、おえんは居住まいを正した。

「笹太郎さん、あなた騙されたんですよ。おそらく小海屋は盗賊の頭目で、おなみはその配下なの。あなたの前では善人ぶっていたんです」

けげんそうに眉をひそめる笹太郎に、おえんは先刻おたねからもたらされた話をする。盗人たちに対する奉行所の取り調べがすんだ旨《むね》を岡っ引きの久助が松井屋に知らせてよこし、おたねはそれを伝えにきたのだった。

あらましの話はこれまでに判明していることとさほど変わりなかったが、連中は盗んだ金の一部でもって高利貸しをしていたらしい。きつい取り立てを受けた中には首を吊《つ》った人もいるという。

「手前は、人ごろしの片棒も担《かつ》がされていたということですか」

笹太郎が、茫然《ぼうぜん》とつぶやく。

おえんは何と言葉をかけてよいかわからなかった。

笹太郎は沈痛な面持ちで、膝に置いた手に目を落としている。

「松井屋さんには、まことに取り返しのつかぬことをしてしまいました。おばあさまと交わした約束も守れずじまいで、お詫びのしようもありません」

「約束？」

「ずっとおそばにいると、指切りまでしたのです。手前が一緒にいることが、おばあさまには何よりのなぐさめになるとおっしゃって……。神かけてお誓いします、と申し上げたのに」

そういって、笹太郎が表情をゆがませた。

縁側の障子に差しかけていた陽射しが、ふっと翳《かげ》る。

笹太郎扮《ふん》する友松を毛筋ほども疑わず、一連の出来事によって二重、三重に打ちのめされたのが、お常であった。その落胆のほどを思うと、おえんはどうにもやりきれない。

お常はいよいよ自室に引きこもり、文治郎とおたねよりほかの者とは口もきかずにいる。おえんと会う気にもなれないようだった。察するに、友松を思い出させることごとくを、己れから遠ざけたいのだろう。お常の意を汲《く》んで、おえんも松井屋に顔を出すのを控えている。

それはそうと、おえんにはずっと引っ掛かっていたことがあった。

「あの、背中に黒子《ほくろ》があったでしょう。あれは、生まれつきなの？」

「いえ、彫り物でして。小海屋に連れられて、彫り師の許に幾度か通いました」

おえんは言葉を失った。友松の背中に黒子が並んでいることは、およそ披露目屋に通っていたお常が年寄りどうしのお喋りの中で口にしたのだろうが、何の罪もない笹太郎に彫り物まで入れさせるとは、どこまで卑劣な連中なのか。

笹太郎が気の毒でならなかった。ほかの誰が何といおうと、己れだけは笹太郎の味方になってやりたい。

「この先、笹太郎さんはどうするの」

「いつまでもいまのところにいるわけにも参りませんので、どこかに働き口を見つけたいと存じております。ですが、こたびの一件が洩れたりすると、ご迷惑をおかけすることになりますし……」

笹太郎はいったん言葉を切ると、

「手前のことはともかく、妹の先行きが気掛かりでございます。親戚筋に身を寄せているのですが、父とは折り合いのあまりよくなかった家ですので、邪険に扱われている気がしてなりません」

力なくいって、肩を落とした。

五

「おや、こたびは男女の縁結びではございませんので」

おえんからところどころかいつまんで話を聞かされると、丈右衛門はいぶかしそうな顔をした。

「笹太郎さんによい奉公先を見つけて差し上げたくてね。お前に、どこか心当たりはないかしら」

　応えながら、おえんは丈右衛門が携えてきた風呂敷《ふろしき》包みの中身をあらためた。

　八月も下旬にさしかかり、単衣《ひとえ》を袷《あわせ》に縫い直してほしいという注文が増えている。衣更《ころもがえ》に合わせて着物を縫い直すのが、一家の婦女子のたしなみとはいうものの、そこはそれ、人にはそれぞれ仔細があって、おえんのような者が頼まれることも多い。

　丈右衛門が、眉を持ち上げた。

「友松坊っちゃんの名を騙るような手合いに、片付き先を見つけてやろうと。それはまた、たいそうな趣向でございますな」

「どうして、そう皮肉な口をきくんだえ」

「その笹太郎って男は、お嬢さんを騙していたんじゃありませんか」

「当人に騙すつもりはなかったと、さっきもいったでしょう」

「だからといって、奉公先を世話する筋合いがどこにあるんです。ここも、いよいよもって口入屋《くちいれや》めいて参りましたな。丈右衛門は情けのうございます」

袂を目許に押し当てる仕草までもが嫌味たらしい。

「こたびのことでは笹太郎さんも心が傷ついたのよ。お前がそんなにわからず屋だとは思わなかった」

おえんの口調が、つい、きつくなった。

丈右衛門が口をつぐむ。

むすっとした顔を見ながら、おえんは肩をすくめた。おえんが十になるかならない時分から実家、丸屋の番頭を務めていた丈右衛門にしてみれば、おえんは幾つになっても主家のお嬢さんで、やることなすこと心許なくて見ていられないに違いない。

「笹太郎さんは悪い子ではないし、これも何かの縁だと思うのよ」

おえんが声を和らげると、丈右衛門の眉が下がった。

長火鉢に掛けられた鉄瓶から、柔らかな湯気が上がっている。

丈右衛門が腕組みになった。

「もとは筆屋の伜だったとおっしゃいましたな」

「さほど大きなお店ではなかったようだけど、読み書き算盤は亡くなったお父さまからひととおり仕込まれたそうよ」

「ふむ」

「わたくしから見てこれはと思うのは、目配りができて、他人の立ち場で物を考えられるところ。松井屋の大お内儀さまも太鼓判を押しておいでなの」

「ほう」

まるで丈右衛門のほうが口入屋で、おえんが笹太郎の人となりを売り込んでいるようだ。

丈右衛門は首をひねり、しばらく思案に沈んだ。

「先々のことを見据えますと、大店《おおだな》に奉公なさるのがよいかと存じます。ですが、そういうところほど、身元のたしかな者を雇い入れたがるものでしてね。お嬢さんが人柄を見込んでおられるのはわかりますが、じっさいに当人がしでかしたことは、今さらなかったことにはできませんし」

「笹太郎さんも、そのあたりのことを案じておいでなの」

「まあ、彫り物まで入れさせられて不憫に思わないでもありませんし、手前もお力になれたらとは存じますが……。この場では何ともいえませんので、いま少し知恵を絞ってみましょう」

情に厚い言葉で締め括《くく》って、丈右衛門が腕組みを解いた。

結局のところ、己れは丈右衛門に頼りっ放しだ。おえんは胸の内で手を合わせる。

「それにしても、友松坊っちゃんの偽者《にせもの》だと、よくぞお見破りになりましたな」

丈右衛門が話の向きを変えた。

「あの子が鮑を食べようとしているのを見たときは、ぎょっとしましたよ」

「さすが。まさに母親の鑑《かがみ》でございます」

「なにしろ命にかかわることだもの。文治郎さんは、ぽかんと眺めていただけでしたけどね」

女房と母親に子育てを任せきりにして、日に三度の食事も別々にとっていた文治郎には、友松が鮑を口にするとどうなるかなどといった心得はなかった。

あきれまじりに、おえんは言葉を続ける。

「背中の黒子を知らなかったのもそうだけど、男親ってみんなああなのかしら。子供なんて放っておいても大きくなると思い込んでいて、頭には商いのことしかないんですもの」

あのときは気が動転してそれどころではなかったが、思い返すと胸がむかむかしてきた。

丈右衛門が指先で額を掻《か》く。

「文治郎さまの味方をするようですが、商人にとって店は戦場も同然、ひとときも気を抜くことはかないません。女子《おなご》が奥向きをしっかり守っていてくれるからこそ、男どもも安心して商いに打ち込めるというものでして」

「そんなことといったって、あれが本物の友松だったらどうなっていたか……。人の生き死にが懸かっているのよ」

黒子のときは気の利《き》いたいい回しで男親の助太刀にまわった丈右衛門も、人の生き死にを持ち出されては太刀打ちできないと踏んだのだろう。わざとらしく咳《せ》き込むと、

「手前はこれにて退散いたします」

芝居めいた口ぶりでいって、そそくさと腰を上げる。

そのときになって、おえんはいい忘れたことがあるのに気がついた。

「丈右衛門、あのね、もうひとつ頼みたいことがあるんだけど」

「まだ何かございますので」

「笹太郎さんには妹さんがあってね。そちらの奉公先も、探して差し上げたいの」

土間に下りた丈右衛門は何もいわず、こめかみをひくひくさせたきりだった。

六

気持ちのよい晴天が続き、九月も三日が過ぎた。

おえんはざっと身支度をととのえると、芽吹長屋を出て呉服町にあるお俊の家を訪ねた。お俊は、小ぢんまりとした二階家の、一階にある板の間を仕事場にしている。

「ごめんください」

格子戸《こうしど》を引いて訪《おとな》いを入れると、少し間があって奥からお俊が現れた。

「はい、どちらさま……。あら、おえんさん。どうしたの」

「どうしたのはないわよ。仕立物を頼みたいといってたでしょう。いつまで経っても顔を見せてくれないし、こっちから押しかけてきたわ」

「ああ、そうだった。どうぞ上がって」

すっかり忘れていたらしく、お俊はおえんを次の間へ通した。

「衣更って、手間なのよねえ。単衣を袷にするのはどうにか間に合わせたんだけど、綿入れまでは手がまわらなくて。とにかく仕事がね。あ、そのへんに坐ってて。二階から着物を取ってくる」

ひとりで喋って、梯子段《はしごだん》を上っていく。

おえんは部屋の隅に積んである座布団《ざぶとん》を持ってきて、適当なところに腰を下ろした。

敷居の向こう側はお俊の仕事場で、紐を組む台が幾つか並んでいる周りに、赤や黄、橙《だいだい》といった糸巻きが転がっている。色という色の中から、これぞという糸を選んで組み上げていく手間を想像すると、おえんは気が遠くなりそうだった。

「ただいまあ」

がらりと格子戸が開いて、男の子の声が響く。

「あれ、おえん小母ちゃん。こんにちは」

框を上がってきた康太郎が、次の間におえんがいるのを見ると敷居際に膝をつき、抱えていた風呂敷包みを脇へ置いて指先を揃《そろ》えた。

「康太郎ちゃん、こんにちは」

微笑みながら、おえんも頭をかがめる。

梯子段を足音が下りてきた。

「康太郎、お帰り。手を洗っておいで」

短く声を掛けておいて、お俊が次の間に入ってくる。

おえんは首をめぐらせた。

「ねえ、お昼にしましょうよ。握り飯があるの。代り映えしないけど、鮭《さけ》と、昆布と、梅干し」

「わあ、助かるわ」

お俊が娘みたいな声を上げた。

お俊は台所に下がると、味噌汁《みそしる》と香の物を盆に載せてもどってきた。手を洗った康太郎も、お俊の隣に腰を下ろす。

「お俊さん、子守りを頼むのはやめたのね」

おえんが訊ねると、

「手習いに通わせることにしたの。組紐の仕事が立て込んでいるときは、康太郎も静かにできるようになってきたし」

そういって、お俊が伜へ視線を向ける。

「いただきます」

康太郎は胸の前で手を合わせると、竹皮の上に並べられた握り飯を頬張った。

おえんとお俊も、握り飯に手を伸ばす。

ひと口たべて、お俊がいう。

「人がこしらえてくれたものって、どうしてこんなに美味しいのかしら。おえんさん、いっそのこと出前でも始めたら」

「褒めてもらえるのは嬉《うれ》しいけど、あんまり手を広げるのはよしておくわ」

そんなことをしたら、丈右衛門が卒倒しかねない。

康太郎は握り飯をたいらげると、部屋の壁際に置かれている文机《ふづくえ》の前にいって腰を下ろした。手習い所から持ち帰った風呂敷包みの結び目を解いて、冊子を取り出している。

「郷に入っては郷に従い、俗に入っては俗に従え」

机の上に冊子を広げ、人さし指で文字を追いながら読み始めた。たどたどしいが、声に張りがある。

おえんはお俊に向かって声をひそめた。

「いやに熱心なのね」

「文字を読むのが上達したら、佳史郎さんが康太郎にお話を書いてくれるんですって。康太郎ったら、張り切っちまって」

お俊が苦笑する。

「放生会でお見かけしたときは、三人とも仲睦《むつ》まじくて、わたくしもほのぼのした心持ちになったわ」

「おえんさんには、いずれきちんとお礼をしなくてはね」

「もちろんよ。あれほどの男前を引き合わせて差し上げたんですもの」

おえんがおどけた調子で応じると、

「男前のうえに、浮気を案じなくてすむのもいいわ」

お倹はちゃっかり惚気《のろけ》ておいて、にわかに顔つきをあらためた。

「正直いって、戯作者というのは一体どんな人なんだろうって、初めはおっかなびっくりだったの。何となく、気難しかったり変わり者なんじゃないかっていう頭があってね。じつのところ、佳史郎さんは女子の前に出るとまるきり喋らなくなるし」

「ええ、おっしゃる通り」

おえんは、見合いの席での沈黙ぶりを思い出した。光源氏か業平かというような男ぶりなのに、佳史郎は女子と向き合うのが不得手なのだ。

「それでいて男と女のことをお書きになるって、ちょっと釈然としないでしょう。わたしみたいな素人《しろうと》がそういう人を受け入れて、支えることができるのか、自分でも心許なくてね」

「わかるわ、その気持ち」

康太郎は一心に「口はこれ禍《わざわい》の門――」と文字を追っている。

それを微笑ましそうに見つめて、お俊がおえんに向き直った。

「じっさいにおつき合いしてみると、佳史郎さんって、どうしたら読み手に愉《たの》しんでもらえるかってことを始終、思案しているのよ。愉しむといっても、面白おかしいだけではなくて、喜怒哀楽が深く届くように心を砕くの。ときにはうんうん唸《うな》ったりして、こちらが息苦しくなるくらい」

「ふうん。物語を生み出すのも、容易ではないのね」

「そんな姿を見て、思ったの。読み手の心に寄り添って、つれづれをなぐさめるのが戯作者の仕事なんだって」

「へえ」

「素人には物語の善《よ》し悪《あ》しは見当がつかないけれど、わたしの務めは佳史郎さんの心意気を後押しして差し上げること。この頃では、そんなふうに了簡《りょうけん》しているの」

娘時分から表情のはつらつとした人だったが、気持ちのゆとりが加わって、お俊の顔をますます輝かせている。

お俊が佳史郎とのあいだに育《はぐく》んでいるご縁の深まりを目の当《ま》たりにした気がして、おえんはすっかり感じ入った。友人がどこか遠くなって寂しいような、それでいて羨《うらや》ましいような、複雑な心持ちもある。

お俊の顔を見つめながら、おえんの頭にあることがひらめいた。

七

ひと月もすると、昼間でも空気がひんやりとし、日ごとに日脚が短くなるのが感じられるようになった。

長屋を訪ねてきていた丈右衛門を、おえんが戸口に立って見送っていると、入れ違いに辰平が路地へ入ってきた。

辰平はとっつきにある己れの家の前を素通りして、おえんのところまで歩みを進めた。

「あの人も、まめだなあ。このところ、十日にいっぺんは顔を見ている気がするよ」

そういって、路地を振り返る。

「筋金入りの忠義者なんですよ。今しがたまで、笹太郎さんの落ち着き先のことで話しておりましてね」

「へえ、働き口が見つかったのかい」

おえんは辰平が背負っている貸本の山へ目をやった。

「まずは背中の荷を下ろしておいでになってはいかがですか。お茶を淹れてお待ちしています」

「それもそうだな」

辰平がぼんのくぼへ手をあてる。

おえんが部屋にもどって茶の支度をしていると、じきに腰高障子が引き開けられ、辰平が土間に入ってきた。戸口を開けたままにして、上がり框に腰掛ける。

「どうも」

辰平はわずかに頭をかがめて、前に置かれた湯呑みに手を伸ばした。ひと口すすって、おえんに顔を向ける。

「それで、笹太郎の奉公先はどこなんだい」

「あの、それが……。丈右衛門が心当たりのあるお店をまわったところ、これまでの経緯をお話しすると、どちらさまも首を縦に振ってはくださらなかったそうでして」

「そうか……。それも道理だな」

辰平が表情を曇らせる。

「ですが、それでよかったと思います」

「は」

小さく口を開いた辰平に、おえんは力強くうなずいてみせる。

「さっき丈右衛門にも話したのですが、笹太郎さんは、戸倉佳史郎さまに弟子入りすることになったんです。わたくしが、戸倉さまに頼み込みましてね」

それを聞くと、辰平の目におえんを咎《とが》めるような色が混じった。

「いくらなんでも、了簡が甘いんじゃねえのかい。戯作なんてのは、作者の先生に弟子入りしたからといって書けるようになるものでもねえし、筆一本で食べていけるのはほんのひと握りなんだぞ」

「それは、わたくしも考慮しましたし、笹太郎さんも承知しています」

「そうはいってもなあ。俺にいわせれば、とんでもねえ自棄《やけ》っぱちだ」

「なにも、捨て鉢になっているのではありませんよ。笹太郎さんは、他人をじっくり観て察することができるんです。そうしたあたりが、作者の先生に向いているのではないかと思いついて、戸倉さまにご相談申し上げたんです」

もともと商家の倅ということもあり、奉公先も似たようなところに絞って探していたが、むやみに的を狭くすることはないのだった。

「戸倉さまに弟子入りしてはどうかと笹太郎さんにお勧めした訳合いが、もうひとつありましてね」

「何だい、その訳合いってのは」

「笹太郎さんには、松井屋の大お内儀さまと交わした大切な約束があるんです。ずっとそばにいて、おばあさまの心をおなぐさめすると、神かけて誓ったそうで……」

息を吸って、おえんは言葉を続ける。

「この先、笹太郎さんが大お内儀さまと顔を合わせる折は、おそらく巡ってこないでしょう。けれど離れていても、物語のもつ力で大お内儀さまの心をなぐさめることはできるんじゃないか。わたくし、そう思ったんです」

辰平が、二度、三度と深くうなずいた。

おえんは自分の湯呑みを手にして、ゆっくりと茶を飲んだ。

「戸倉さまも、お弟子さんをとると、これまでとは張り合いが違うんじゃないかしら。公私ともに抱えるものが大きくなれば、世間に対しても半端なままではいられないと了簡なさるでしょうし」

「おえんさん、ひょっとしてそこまで見込んで……」

首をかしげた辰平が、おえんがいたずらっぽく微笑むのを見ると、

「いやあ、てえした仲人《なこうど》っぷりだなあ」

感嘆したようにつぶやいた。

「祝言を挙げるよう尻《しり》を叩くことはいつでもできますけど、あのふたりには自分たちで仕合せを摑んでもらいたいんです。とはいえ、さほど案じてもおりませんけどね」

お俊の輝いていた表情が、おえんのまぶたに焼き付いている。そのお俊に、「辰平さんとはどういうおつき合いをしているの」と訊ねられたことは、いましばらく己れの胸にしまっておこう。

「いい齢をした大人に、おえんさんがそこまでお膳立てすることはねえよな」

そういって、辰平が残りの茶を飲んでいる。

わたくしは、この人のことを何も知らない、とおえんは思う。地震で女房と娘を亡くしたのはわきまえているが、それは表にあらわれて見える面でしかない。目の前にいても、辰平がどんな闇《やみ》を抱えているかはうかがい知ることができないのだ。それが少しばかり物足りない気もするし、といって、のぞいて見るのはおっかなくもある。

己れはまだ、お俊のように一歩を踏み出せそうにない。

辰平が帰っていき、おえんは夕餉の支度にかかろうと、青菜の入った笊《ざる》を抱えて外へ出た。

路地は薄暗くなりかけているものの、頭上にはいくらか明るさが残っている。

井戸の水を汲んで、青菜を洗う。そろそろ水仕事が辛くなる季節だが、いまは冷たさも気にならない。笹太郎のほうはさておき、丈右衛門は京橋にある紙問屋を、笹太郎の妹の奉公先にと見つけてきたのだ。

青菜の水気をきって、立ち上がる。

屋根の向こうに、いちばん星がまたたき始めた。

夕明かり

一

「おやまあ、ちょいとちょいと」

鈴代の口から、驚きとも感嘆ともつかぬ声が洩《も》れた。戸倉佳史郎に向けられた目が、枕《まくら》の上で大きく見開かれている。かさついて張りを失った頬にも、ほんのりと血の色が差していた。

「ね、おっ師匠《しょ》さま。わたくしが申した通りでございましょう。光源氏か業平かって」

おえんが床をのぞき込むと、鈴代は佳史郎の顔に目をやったままで顎《あご》を引く。

「ほんに、たいしたものだねえ」

当惑した顔の佳史郎が隣を振り返り、お俊が肩をすくめてみせている。おえんは床のこちら側で、そんなふたりを微笑《ほほえ》ましく見つめた。

深川黒江町にある鈴代の家であった。

六畳間の障子には初冬の陽が弱々しく射《さ》しかけているが、部屋の隅に据えられた丸

8月のトピックス

2022 AUG

新潮文庫

ホームページ
https://www.shinchosha.co.jp/bunko/

TikTok
アカウント
開設しました
↓

今月のイチオシ

文庫累計425万部

「守り人」シリーズ最新長編にして最高傑作、待望の文庫化！

上橋菜穂子『風と行く者—守り人外伝—』

草市を訪れた女用心棒バルサは、かつてともに旅したことのある旅芸人〈サダン・タラム〉の一行と偶然出くわす。再び護衛を頼まれたバルサは、ジグロの娘かもしれない若い女頭を守るため、ロタ王国へと旅立つが……。

注目の新刊

昭和の巨人・松本清張、没後30年。本格推理短編集と最強ガイド本！

『なぜ「星図」が開いていたか—初期ミステリ傑作集—』

新潮文庫編『文豪ナビ　松本清張』

41歳でデビューし46歳で専業となった遅咲きの作家は猛然と書き、約700冊を著しました。'92年8月の逝去から30年、清張ミステリの出発点8作を収録した短編集と「文豪ナビ」を刊行します。清張の凄みを実感する二冊です。

松任谷由実デビュー50周年記念

阿部賢

ドラマ

から

燃え殻

良いことも悪いことも、僕たちはすべて
忘れてしまう。日常を通り過ぎていった愛しい
思い出たちを綴る、著者初めてのエッセイ集。

君がいないと小説は書けない

白石一文

年下の美しい妻。二十年かたときも離れることがなかった二人の暮らしに、突然の亀裂が――。人生の意味を問う渾身の自伝的小説。

1045円
134076-0

芽吹長屋仕合せ帖

日照雨

ご縁の糸は、〈裏の事情〉も連れてくる――。『ご縁の糸』待望の第二弾！

志川節子

737円
120592-2

いまは、空しか見えない

優等生とギャル、二人の少女の出会いと「生きる」ための闘い。希望への疾走を描く連作短編集。

R-18文学賞大賞・読者賞受賞

白尾　悠

649円
104141-4

ロシアよ、我が名を記憶せよ

日露開戦。我かく戦えり！　敵国の女性と愛を誓った帝国海軍少佐の激闘。

八木荘司

＊書下ろし

649円
103182-8

没後30年記念出版
社会派の巨匠
松本清張

なぜ「星図」が開いていたか

―初期ミステリ傑作集―

松本清張

清張ミステリはここから始まった！　罪を抱える者の心を活写した「顔」など本格推理八編。

781円
110977-0

文豪ナビ 松本清張

『砂の器』から未完の大作まで、約７００冊を著した〈昭和の巨人〉の創作と素顔に迫る！

新潮文庫編

693円
110900-8

下駄の上の卵

新装復刊

敗戦直後の山形。野球ボールを求めて東京へと向かった少年たちの大冒険。

井上ひさし

935円
116836-4

ギャンブラーが多すぎる

本邦初訳

ドナルド・E・ウェストレイク
木村二郎訳

880円
240231-3

新潮文庫の100冊

想像力の
旅に出よう。

2022
新潮文庫

2022.8

火鉢のおかげで、さほど冷えは感じない。

おえんは月に一度の割で顔をのぞかせているものの、お俊も揃《そろ》ってとなると、この春以来のことだった。その折、おえんが話に持ち出した稀代《きだい》の男ぶり佳史郎と、お俊がこのたび晴れて夫婦となり、その報告がてら鈴代を見舞いにきたのだった。ちなみに、組紐《くみひも》の仕事場と住まいを兼ねたお俊の家に、佳史郎が移り住んだ格好だ。

「それで、祝言《しゅうげん》は」

澄んだ声で鈴代が訊《たず》ね、お俊が応じる。

「つい先だって挙げたんです。といっても、わたしは二度めですし、あまり大仰なことはしたくなくて……。佳史郎さんも、気持ちを汲《く》んでくださいましてね」

「まことに心のこもった祝言でございましたよ。お集まりの方たちがおふたりの門出を寿《ことほ》いでおられるのが、ひしひしと伝わってきましてね。胸がじいんとしました」

そのときのことを思い返しながら、おえんがいい添える。一膳飯屋の紅梅屋にごく内輪の者だけを招いて催された宴は、じつに和やかなものだった。とりわけ、佳史郎が書く戯作《げさく》の挿絵を受け持っている歌川花蔵が謡《うた》った高砂《たかさご》は、声の太さといい節まわしといい絶品であった。みんなが聞きほれているところへ、お俊のひとり息子、康太郎が耳にしたばかりの調べをなぞって謡いだし、それがなんとも愛らしくて、座がおおいに盛り上がった。

女三人の話を、佳史郎は神妙な面持ちで聞いている。もっとも、女子《おなご》を前にしてべらべらと喋《しゃべ》るような男ではない。

二度、三度とうなずいた鈴代が、ふと思いついたようにおえんへ首をめぐらせる。

「このあいだ、お千恵《ちえ》ちゃんが顔を見せてくれたんだよ」

鈴代の話があちらこちらへ飛ぶのは毎度のことだ。この頃はおえんも動じなくなったが、お千恵の名を耳にするのは久しぶりで、声を返すまでに幾らか間が空いた。

「そういえば、おっ師匠さまの掛かりつけのお医者さまは、お千恵さんのお父さまではございませんでしたか」

お千恵も針の稽古《けいこ》に通った仲間で、父親が仙台堀沿いの伊勢崎町で診療所を開いていた。

「道安《どうあん》先生はちょくちょく診にきてくれるけど、お千恵ちゃんは何年ぶりになるかしらねえ。ひい、ふう、みい……」

だしぬけに、鈴代の声が途切れた。薄く口を開き、遠い目で宙を見つめている。

鈴代がこんなふうになるのも、しょっちゅうだ。魂がふわりと身体《からだ》を脱け出して、いまと昔を行きつもどりつしているようだった。

「お千恵さんは、ご息災なのですか」

おえんが心持ち大きめの声を出すと、目がぱちぱちとまたたきする。

「あ……。そう、お千恵ちゃんね。それが、ご亭主に逃げられたとかで、たいそうしおれちまってね」

おえんは視線を上げ、床の向こうにいるお俊と顔を見合わせた。おえんは松井屋文治郎と夫婦別れをし、お俊も前の亭主とは死に別れている。どちらも一度は伴侶《はんりょ》を失った昔があるわけだが、佳史郎も居合わせているところで鈴代の話を深追いできるほど、おえんは厚かましくも、肝が据わってもいない。

「お千恵さんには、お子さんがおありなのですか」

お俊も同様とみえて、さりげなく話の向きをずらした。

「子供は、十人」

「まあ、そんなに」

お俊が口をすぼめると、

「いや、五人。それとも、三人。あれ、どうだろう」

鈴代の口調が覚束《おぼつか》なくなった。

お俊が目配せしてよこし、おえんは首を横に振ってみせる。

「お師匠さま、だいぶお疲れになりましたでしょう。わたくしたち、そろそろおいとまいたします」

「おや、もう帰るのかえ。それじゃちょいと、おえんちゃん」

そういって、鈴代がもぞもぞと肩口を動かす。

おえんは膝《ひざ》をにじり、鈴代の背中に腕を差し入れて上体をゆっくりと起こした。

鈴代が蒲団《ふとん》の上にかしこまる。

「戸倉さまと申されましたね。あたしにとって、針の手ほどきをした子はいずれも我が子みたいなものなんです。お俊ちゃんを、末永くよろしくお頼み申します」

おもむろに頭を下げられて、佳史郎が居住まいを正した。

「は。しかと心得ました」

いつになく気負っている佳史郎と面映《おもは》ゆそうなお俊を見ていたら、おえんは鼻の奥がつんとなった。

目尻《めじり》を小指の先でぬぐって、鈴代の身体を元にもどす。夜具を掛け直していると、鈴代が訊ねかけてくる。

「おえんちゃんとこは、男の子がふたりだったたね。いくつになるんだっけ」

おえんはひと呼吸して、鈴代に顔を向ける。

「おかげさまで、上は十六、下は十二になりました」

「はあ。時がたつのは早いものだね」

「ええ、ほんとうに」

しみじみと応《こた》えるおえんに、鈴代が目を細めた。

「おえんちゃんにしろお俊ちゃんにしろ、べらぼうな果報者だこと」

鈴代の家を辞去した三人は、通りを西へ歩きだした。

永代橋の袂《たもと》までくると、それまで佳史郎の後ろを歩いていたお俊が、おえんに肩を寄せてくる。

「お師匠さまは、おえんさんが松井屋みたいな大店《おおだな》に嫁いだのが、よほど嬉《うれ》しかったのね。花嫁衣裳《いしょう》を仕立ててくだすったと、先に話してくれたでしょう」

「友松が生まれたときは、産着《うぶぎ》も贈っていただいたのよ。それはよく憶《おぼ》えておいでなのに、友松が行方知れずになったことになると、すっかり抜け落ちているようでね」

「そう……」

「でもまあ、あのお齢《とし》になって、いい思い出だけ残っているなんて、いささかうらやましい気がするわ。だから、お師匠さまを悲しませるようなことはいわないと決めているの」

おえんはそういって、頭上を仰いだ。雁《かり》だろうか、空の高いところを鳥の群れが渡っていく。

「それはともかく、戸倉さま。女どうしのお喋りにつき合わされて、さぞや退屈なったんじゃございませんか」

おえんが声を掛けると、少しばかり先を歩いていた佳史郎が振り返る。女子と話すのが不得手な佳史郎だが、いまではおえんとも親しくなって、気おくれすることもない。

「どうか、手前にはお構いなく。日ごろ、年配のご婦人をあれほどじっくり観《み》る折もないですし。話すときに口の周りの皺《しわ》がどういう動きをするかとか、しみの散らばり方とか、おおいに得るものがありました」

「へえ、皺やしみを」

「時の流れを跨《また》いでゆうゆうと行き来なさるさまなどは、生きる者の業《ごう》とでもいうものに思いを致して、いたく感じ入りました」

「はあ、業でございますか」

おえんが戸惑っていると、

「そうそう、笹太郎さんがおえんさまによろしくお伝えくださいといっていましたよ」

珍妙な掛け合いを可笑《おか》しそうに聞いていたお俊が、助け舟を出してくれた。

佳史郎に弟子入りした笹太郎は、お俊の家に住み込んで戯作者見習いとしての一歩を踏み出している。

「あの、お俊さん。家族水入らずの暮らしが始まったばかりのおうちに、赤の他人をお任せしたりして、心苦しく思っているのよ。言い訳がましいけれど、笹太郎さんにはどこか近くに長屋を借りて、そちらから通ってはどうかと勧めるつもりだったの」

おえんが顔をしかめると、お俊は胸の前で手を振った。

「こっちこそ、台所脇《わき》の納戸《なんど》で寝起きしてもらって、かえって申し訳ないくらい。心根のまっすぐな若者だし、何より康太郎が大喜びでね」

「まあ、康太郎ちゃんが」

「新しいお父《と》っつぁんができたうえに、兄さんまでくっついてきたって。今日だって、わたしたちが心置きなく出てこられるのは、笹太郎さんが康太郎をみてくれるおかげよ」

お俊の言葉に、佳史郎もうなずいている。

「子守りや雑用をこなす合間に、書棚にある本はどれでも読んでよいといってあります。手当たり次第に読んで、己れの畑を肥やすといい。手前は男女のあいだに横たわる機微に光明を見出《みいだ》しましたが、笹太郎もいずれ自分ならではの題材を見つけますよ」

「おふたりとも、恩に着ます」

おえんが腰をかがめたとき、橋の西詰が見えてきた。

お俊の声が、ふと低くなる。

「ねえ、おえんさん。お千恵さんのこと、どう思う」

「そうね、ちょいと気に掛かるわ」

「お師匠さまの話はどうもあやふやで、けれどそのままにはしておけないでしょう」

「いっぺん、訪ねてみようかしら。道安先生には、たしか丈右衛門も掛かっているし、お千恵さんの居処《いどころ》もわかるはずよ」

そういって、おえんはお俊夫婦と別れたのだった。

二

途中でいくつか用を足して瀬戸物町の芽吹長屋に帰ってくると、路地に大八車《だいはちぐるま》が止めてあった。おえんの隣の家の前だ。西隣のおさきの家ではなく、東隣のほうである。ふた月ほど前までは、長之助《ちょうのすけ》という左官職人が住んでいたが、親方の住まいに近いほうが何かと勝手がいいとかで引き移っていき、空き家になっている。

路地の三分の二を塞《ふさ》いでいる大八車の脇をおえんがそろそろと通り抜けていると、だしぬけに腰高障子が引き開けられた。

「こりゃあどうも、邪魔になりましたかのう」

おえんを見て、戸口に立つ男がぼんのくぼに手を持っていく。齢は四十半ばといったところか、藍《あい》色の褪《さ》めた着物にくたびれた袴《はかま》を着け、腰に刀を帯びている。月代《さかやき》はうっすらとうぶ毛に覆《おお》われており、浪人者の見本のような風体だった。

おえんがとっさに返事できずにいると、

「さっき荷を運び入れたばっかりなんよ。明日には返しにいくけえ、今日んとこは勘弁してやんさいや」

大八車を指差して、男がいった。

中肉中背の身体つきで、目鼻立ちにこれといった特徴はないものの、とにかく訛《なま》りがきつい。癖のある語尾に気をとられて、ほかの言葉も聞き取れないのだ。大八車をこのまま置かせてくれといっているようでもあるが、まるきり聞き違えているかもしれない。

おえんは曖昧《あいまい》に微笑んで、自分の家の腰高障子に手を掛ける。

「おや、お隣さんだったか」

これはすっと耳に入ってきて、おえんはいくぶんほっとした。

「えんと申します。どうぞよしなに」

帯の前に手を揃えて腰を折ると、

「おえんさんか。申し遅れたが、わしはな」

男は小指で鼻の脇を搔《か》いて、

「磯貝《いそがい》と申す」

「磯貝さま」

耳にしたそのままを、おえんはおうむ返しにした。人の名を違えては無礼になる。

「いかにも。前に住んどった家の雨漏りがひどうてね。どうにもやれんけえ、越してきたんよ」

話が込み入ってくると、たちまち何をいっているのか覚束なくなる。

どうやって、この場をしのごうかしら。

おえんがそう思ったときだ。

足許《あしもと》を、さっと黒い影が横切った。

振り向くと、二間ほど離れた先で、影もこちらを窺《うかが》っている。この界隈《かいわい》を縄張りにしている黒猫だった。精悍《せいかん》な面つきをした雄で、両目が利《き》かん気そうに光っている。口に何やらくわえていた。

「おい、こりゃッ」

唐突に、磯貝が声を上げた。

「わしの目刺しッ、待てッ」

手を振り上げて、前へ出る。

だが、猫が地を蹴《け》り出すほうがわずかに早く、黒い毬《まり》のように路地を跳ねていく。

磯貝が後を追った。

戸口の隙間《すきま》から家の中がのぞけて、おえんはさりげなく首を伸ばした。枕屏風《まくらびょうぶ》や行燈《あんどん》があるほかは、めぼしい調度品もない。男のひとり所帯のようだ。縁側の障子が開いており、猫はそこから入ってきたとみえる。

ほどなく、磯貝が首を振りながらもどってきた。

「まったく、しごんならん奴《やつ》だわ」

「しごんならん……？」

おえんが眉《まゆ》をひそめると、

「お江戸風にいえば、すばしっこくて始末に負えぬとか、やんちゃで手に負えぬとか、まあ、そんなところかの」

「いたずら小僧みたいなものですか」

「そう、それだ」

おえんの頭の中では、いたずら小僧がどう訛っても、しごんならんと結びつかない。まるで異国の言葉を聞いているみたいだ。

「これから焼いて食おうと思うとったのにのう」

磯貝が忌々《いまいま》しそうに、猫の去ったほうへ目をやっている。

じきに夕餉《ゆうげ》どきで、長屋には醬油《しょうゆ》や味噌《みそ》の香りが漂い始めていた。

家に入れば、磯貝に分けられるくらいのお菜《さい》はある。だが、嚙《か》み合わないやりとりが絡《から》んでくるのを想像すると、おえんはどうしても申し出ることができなかった。

それからというもの、長屋の井戸端でかみさん連中が顔を合わせると、きまって磯貝のお国訛りの話になった。人のことを陰であれこれ噂《うわさ》するようで、おえんはあまり気が進まなかったが、おさきやおまつとのつき合いもあって、自分だけ輪に加わらないわけにもいかない。

「磯貝さまのお国許では、息苦しいとか難儀だとかを、しわいっていうんだって」

「ふうん。吝嗇《けち》って意味じゃないんだ」

「処変われば何とやらといいますもの。在所の人たちにしてみれば、まるでちんぷんかんぷんの江戸言葉もあるでしょうね」

とはいえ、磯貝の国許が何処《どこ》なのかという話にはならなかった。

江戸には、関東近辺はむろん諸国から集まってきた人々が住み着いている。生まれ育った土地の気候や慣習が異なれば、言葉や物の捉《とら》え方にもおのずと差が生じるものだ。他人どうしが折り合いをつけながらうまくやっていくためにも、互いの生国や身の上にこだわりすぎるのは野暮であった。

要するに、おさきにしろおまつにしろ、江戸よりほかの土地で暮らしたことがない者には、耳慣れない言葉をあやつる磯貝が物珍しくてならないのだ。そのあたりは、おえんも人のことはいえなかった。

あくの強いお国訛りでおえんたちの気を引いた磯貝だったが、当人はいたって控えめな人柄であった。たいていは家にいて、傘張りの内職をしている。路地や井戸端で行き会うと挨拶《あいさつ》くらいはするが、当人なりに訛りを気にしているのか、向こうからすすんで話し掛けてきたりはしない。

半月もすると、かみさん連中の口の端《は》に掛かることも減って、磯貝は芽吹長屋にひっそりと溶け込んだ。

三

その日、朝の水仕事をふだんより早めにすませたおえんは、ざっと身支度をととのえて長屋を出た。

通町の通りを、北へ進む。筋違橋《すじかいばし》を渡って、御成道《おなりみち》と呼ばれる往来をなおも歩いていく。下谷広小路の手前を左へ折れ、突き当りにある石段にさしかかる。

「坊や、疲れただろう。おっ母《か》ちゃんが負ぶってあげようか」

二十段ほど上ったおえんの行く手に、親子連れの姿があった。父親が先頭に立ち、二段ほど下にいる母親が、さらに二段ほど遅れてくる男の子を振り返っている。

「平気だい。おいら、自分でここを上るんだ」

「まあ、強がりをいって。じゃあ、手をつなごうか」

物言いや髪の結い方から察するに、どこぞで小店《こだな》を営んでいるような商人風だが、夫婦ともに黒紋付きの正装姿で、男の子も熨斗《のし》目のきいた袴を着けていた。

かなり勾配《こうばい》のきつい石段が、まだ三十段は続いている。

さんざん迷ったのち、差し出された母親の手に、男の子が手を伸ばした。袴の裾をひらひらさせながら、石段を上っていく。石段は湯島天神の裏門へと伸びていた。

袴着《はかまぎ》の祝いだろう、とおえんは見て取った。五歳になった男子が、生まれて初めて袴を着けて産土神《うぶすながみ》へ詣《もう》でる儀式だ。女子七歳の帯解《おびとき》や男女三歳の髪置《かみおき》も、同じように祝う。十一月十五日に参詣《さんけい》するのがもっぱらだが、めいめいの都合もあって、前後に出向く手合いも少なくない。芽吹長屋の裏手にある稲荷社《いなりしゃ》でも、月が替わったあたりから、そうした親子連れをちらほらと見かけるようになっていた。

わたくしも、あんなふうに友松の手を引いてお詣《まい》りした。小さな手のぬくもりが、おえんの手によみがえる。

赤ん坊の時分に比べると身体も大きくなったとはいえ、五歳はやっぱり子供で、「お行儀よくお詣りしましょうね」と親がいい聞かせても、たいてい思った通りにはいかない。おえんたちが参詣した富岡八幡宮《とみおかはちまんぐう》の境内でも、着慣れない袴を窮屈に感じた友松が脱がせてくれとむずかり出し、おえんを往生させたのだった。

むろん、次男の幸吉も袴着の祝いはしたが、友松のときは親のほうもあらゆることが新鮮で、感慨もひとしおだった。それから半年もしないうちに、友松が己れの前からいなくなろうとは。

ぴゅうぴゅうと、頭上で風が鳴っていた。親子の姿はなくなっている。

おえんが物思いにふけっていたのはほんの少しの間だったらしく、瀬戸物町を出て半刻《はんとき》ばかりで湯島天神の門前町にたどり着いた。丈右衛門が渡してよこした処書きの通り、裏通りにある小体《こてい》な平屋の前に立って訪《おとな》いを入れる。

「ごめんください」

じきに中で物音がして、腰高障子が引き開けられた。

「はい、どちらさま……。あら」

「あの、鈴代師匠の許でご一緒したことのある、えんです。お千恵さん、憶えてくださっているかしら」

娘時分の面影を残した利発そうな目が、おえんの輪郭をなぞっている。

「もちろん、憶えてますよ。でも、どうして」

「先頃、鈴代師匠のお見舞いにうかがったの。お千恵さんの話になって、いかがなさっているかと」

ひょいと宙へ目をやったお千恵が、得心した顔をおえんに向けた。

「わざわざ訪ねてきてくれたのね。どうぞ、上がってくださいな」

おえんが通されたのは、框《かまち》を上がってすぐの部屋だった。お千恵が出してくれた座《ざ》布団《ぶとん》に膝を折る。

部屋は十畳ほどの広さで、壁際《かべぎわ》に天神机が二十台ばかり積み上げられていた。その脇には、火の気のない長火鉢が据えられている。今しがた履き物を脱いだ土間には下足入れの棚が設《しつら》えてあったが、中は空っぽだった。

やがて、次の間とを仕切る障子が開き、盆を抱えたお千恵が入ってきた。

「あいにく、茶の間が散らかっているの」

顔をしかめるお千恵に、おえんは胸の前で手を合わせる。

「わたくしこそ、気を遣わせてしまって」

お千恵はおえんの前に茶の入った湯呑《ゆの》みを置くと、いま一度、隣へ引っ込んで、手あぶりを持ってきてくれた。

茶をひと口のんで、おえんは部屋を見まわした。

「ここで手習い所を開いておいでなの？」

「ええ、亭主とふたりで。自分の子供はいないんだけどね」

応えながら、お千恵がおえんの向かいに腰を下ろす。

鈴代がお千恵に幾人も子供がいるようなことを口にしたのは手習い子のことだった

のかと、おえんは合点がいった。

「お千恵さん、若い時分から字がお上手だったものね」

鈴代に渡す月謝袋には、弟子自身がおのおのの名を仮名で記すのが慣いであった。同じ「え」の字でも、おえんが書くとみみずが這《は》っているようにしか見えないのに、お千恵の筆となると釣り合いがとれていて、おえんは見比べてはため息をついたものだ。

それにしても、手習い所というのはおよそ朝五ツに始まって九ツでいったん区切り、手習い子たちは家に帰って昼餉を食べ、また通ってくるのが相場である。昼前というのに、子供たちの姿が見えないのは一体どういうわけなのか。

だが、それを訊ねるのは、いかにもぶしつけで気が引ける。

「お師匠さまは、わたしのことをどんなふうにおっしゃってたのかしら」

おえんの胸の内を読んだように、お千恵がずばりと訊ねてきた。

ああ、この人は変わっていない、とおえんは思う。頭のめぐりが早いというか、こちらの気持ちを常に先まわりするのがお千恵であった。同い齢なのに、そういったところが娘時分のおえんには大人びて感じられ、どこか近寄りがたい気さえしていた。鈴代の稽古所に通っている仲間のあいだでも、際立った聡明《そうめい》さで一目置かれていたのである。

お千恵を向こうにして、いかに取り繕おうともたちまち見抜かれそうで、おえんは鈴代の言葉をそのまま口にした。

「亭主に逃げられたですって。ずいぶんないわれようね」

お千恵が小鼻の脇に皺を寄せる。

「お千恵さん、おっ師匠さまに悪気は……」

「うちの人、わたしと喧嘩《けんか》して出て行っちまったのよ」

おえんが何かいおうとする前に、お千恵が口を開く。

「亭主がいなくなったら、手習い子がどんどん辞めていってね。親が信用しているのは男の師匠ばかり。世間って、現金なものよね。おかげでごらんの通り、閑古鳥が鳴いてるわ」

「はあ」

おえんは相づちを打つのが精一杯だ。

「うちの人とは、再縁でね」

「ふうん、そうなの」

「一度めは、二十二のとき。芝の商家に嫁いだのだけど、子が出来なくてね。三年で実家《さと》にもどされたの」

「へえ」

「それで、その……」

ぽんぽんと話を進めていたお千恵が、にわかにいい淀《よど》む。

「おえんさん。お子さんのこと、実家にもどって聞くまでちっとも知らなかった。芝にいると、深川の話が耳に入ってこなくて」

友松のことだ、とおえんは察した。

「六つだったの。町方からも人を出してもらって、ずいぶん探したのよ。でも、見つからなくて……。いまは、神隠しにあったと思ってる。ほら、七つまでは神のうちというでしょう」

子供が七つになるまで、節目ごとに産土神へ詣でるのはそれゆえだ。

「お千恵さん、いまのご亭主とは、どういう馴《な》れ初《そ》めで」

湿っぽくなるのがいたたまれなくて、おえんは話をもどす。

「馴れ初めってほどでもないけれど……」

お千恵がはにかむように目を伏せる。

「実家にもどったあと、父の診療所を手伝っていたの。待ち合い部屋にいる患者さんを順番に呼んだり、見送りに出たり。父の助手はいても、うちは案内を受け持つ人がいなかったし」

お千恵の母親は、お千恵が幼い時分に亡《な》くなっていた。

「で、近くに住んでいた浪人のお侍が診療所を訪ねてきてね。眠りが浅くてどうにも弱っているから診てほしいって、それがうちの人で……」

「ふうん、ご亭主はもともと道安先生の患者さんだったのね」

お千恵が首を縦に振る。

「父の診立てでは、身体にはさして悪いところも見つからなかった。どうも、何か気掛かりを抱えていて、それが心に根差しているんじゃないかって……。父にいわせると、当人はまったく気づいてないだけに、厄介なんですって」

そういうこともあるのかと、おえんは道安の診立てに感服するほかない。

「そんなわけで、気長に治していきましょうといって、父は適当な薬を出してごまかしたの」

「ま、ごまかしたって」

目を丸くしたおえんに、お千恵が首をすくめる。

「眠れなくて頭が痛いというから、そういう薬は出したわよ。気休めでしかないのだけど、じっさい、気休めがほしくて医者に掛かる人もけっこういてね」

「……」

「まあ、それで診療所に通ってくるようになったらうちの人と、わたしも話すようになって、何となく思い合うようになったの。殿方にしては心が柔らかすぎるというか、わりに細やかなところのある人で、放っておけなかったのよ」

「それで、所帯を」

「そう。連れ添って三年ほどになるかしら。娘が再縁するのに、父はそんなに乗り気ではなかったけど」

人の意を汲むのに長《た》けているお千恵になら、相手が心を許すのに時はかからなかっただろう。

がらんとした部屋を、おえんは改めて見まわした。

「お千恵さん、さっきご亭主と喧嘩なさったといっていたでしょう。よかったらわけを聞かせてくださらない」

お千恵の眉が、ぴくりと動く。

「女がいたのよ。それに、子供も」

「え」

「前々から、わたしの話をろくに聞いてなかったり、心ここにあらずなときがあったのよ。また些細《ささい》なことに気をとられて、頭がいっぱいなんだろうくらいに受け止めていたの。でも、あるとき見慣れない柳行李《やなぎごうり》が出てきてね。開けてみたら、双六《すごろく》とか独楽《こま》とか、およそ子供の玩具《おもちゃ》のようなものが出るわ出るわ」

「え、え」

「いい大人の男が、この齢になるまで何もなかったとは思ってないわ。わたしだって、出戻りですもの。でも、子供まで成した女がいるのだったら、前もって知っておきたかった」

「え、え、え」

「うちの人は、わたしの思い違いだといったわ。でも、玩具のことを訊ねると、口をもごもごさせるばかり。いくら何でも、人をばかにした話だと思わない？」

気持ちが昂《たかぶ》ってきたとみえ、お千恵の語尾がわななく。

手あぶりに埋《い》けられた炭がぱちっと爆《は》ぜて、細かい火の粉が舞い上がる。

おえんは低く唸《うな》った。話を聞いていると、お千恵が亭主の振る舞いに疑念を持つのも、もっともなように思われる。だが、例によってお千恵が先走っている気がしないでもない。

「お千恵さん、少し落ち着いて。ご亭主が女の人や子供といる場を、押さえたわけじゃないのよね」

「それは、まあ」

「ここの店賃だって、それなりに掛かるでしょう。こんなことを訊くのも無粋だけど、蓄えはあるの？　場合によっては、道安先生のところに身を寄せたほうが」

「父を頼れないこともないけど、余計な気掛かりを抱えさせたくないの」

「だったら、いま一度、ご亭主と話し合うことよ。あちらにも、訳合いがあるかもしれないじゃないの」

諭すようにおえんがいうと、お千恵がうつむいて、ぽつりとつぶやく。

「うちの人、もどってくるかしら」

おえんに訊ねているようで、己れに問うているようでもある。

「うちの人を支えてあげられるのは、わたしよりほかいない。そう思い込んでいたし、張り合いにもなっていたの。それが、うちの人がいなくなったら、何にも手につかなくなるなんて」

縁側の障子に映っている陽が、にわかに翳《かげ》った。

「わたしって、ほら、何でも理詰めで押し通すところがあるでしょう。うちの人を、追い詰めちまったのかもしれない。いずれにしても、謝りたくて……」

お千恵が声を詰まらせ、両手で顔を覆う。

気丈夫な人の思いがけない一面を垣間見《かいまみ》たようで、おえんは胸を衝《つ》かれた。

「ねえ、お千恵さん。待っているだけでは埒《らち》が明かないわ」

「え」

お千恵がわずかに顔を上げる。

「わたくし、いまは仲人《なこうど》のようなことをしているの」

「え、え」

「松井屋を出て、日本橋の魚市近くにある長屋でひとり住まいをしていて」

「え、え、え」

「これでも、こじれた夫婦のご縁をよりもどして差し上げたこともあるのよ。ここはひとつ、お千恵さんのためにひと肌脱がせてちょうだい」

ぽかんと口を開けているお千恵に、おえんは襟許をとん、と叩《たた》いてみせる。

「まずは、ご亭主がどこにいるのか、探し出さないと」

四

「お嬢さんともあろう方が、とうとう岡っ引きの真似事《まねごと》をお始めになろうとは」

芽吹長屋を訪ねてきた丈右衛門が、そういって上目遣いにおえんを見た。

丈右衛門の手には、お千恵の亭主、久木磯太夫《くきいそだゆう》の似顔絵がある。

おえんはあれからお千恵を佐久間町にある棺桶屋《かんおけや》、江坂屋へ連れて行った。そこの若夫婦、弥之助と彩乃《あやの》の仲を取り持ったのが、おえんなのだ。江坂屋の婿《むこ》に入った弥之助は、ひところ絵描きを目指して修業に励んだ男であった。

店へ向かう道すがら、おえんはふたりの縁を結んだ折の顚末《てんまつ》を、ところどころかいつまんでお千恵に語った。話半分に聞いていたお千恵だったが、江坂屋の店先に立ったおえんを店の者たちが下にも置かぬようにもてなすのを目の当《ま》たりにして、いささか見直した顔つきになった。

おえんから話を聞いた弥之助は、「お安い御用ですよ」と紙と筆を持ってくると、久木の人相についてお千恵に訊ねながら描き付けていった。その名を耳にしたとき、おえんは何となく長屋の隣に越してきた磯貝を思い出したが、紙に描かれた容貌《ようぼう》は別人のように見えた。

「岡っ引きだなんて。ご縁の糸が宙ぶらりんになっているみたいで、知らん顔はできなかったのよ」

「そうは申しましても」

「お前はいつだって仰々しいのね。なにも、十手《じって》を振りまわして捕り物ごっこをするわけじゃあるまいし」

おえんは首を縮め、茶の入った湯呑みを丈右衛門の前に置く。毎度のように聞かされる皮肉にも、だんだん慣れてきた。

丈右衛門が紙を下にもどし、湯呑みに手を伸ばした。ひと口すすって、深々と嘆息する。肉づきのよい大柄な身体が、にわかに萎《しぼ》んだようだった。

「岡っ引きまがいの片棒を担《かつ》ぐことになるとわかっていれば、道安先生に仮病なぞ診てもらうのではございませんでした」

肩を落として、しんみりという。

「亡き旦那《だんな》さまが生きておいでしたら、丈右衛門はきついお叱《しか》りを受けたことでございましょう。まことに、何とお詫《わ》びを申し上げたらよいか。ああ、嘆かわしい」

おえんに皮肉が通じないとみて、泣き落としにかかったのだった。

竿竹《さおだけ》売りのどこか間延びした声が、風に乗って届いてくる。

おえんはゆっくりと茶を飲むと、小さく息をついた。

「ところで、そもそも何の用があったのかえ」

ふだんはおえんに内職の針仕事を携えてくる丈右衛門が、今日は手ぶらであった。戸口に首を入れるなり、おえんが似顔絵を持ち出してお千恵の話を始めたのだ。

「おお、さようでございました」

丈右衛門が居住まいを正した。嘆きの表情が、ひと息に吹き飛ぶ。

「こちらへうかがう前に、藤木屋《ふじきや》に顔を出して参りまして」

「というと、笹太郎さんの妹さんの……」

戸倉佳史郎に弟子入りした笹太郎には、おさちという妹がおり、松井屋が災難に巻き込まれそうになった一件のあと、丈右衛門の取り計らいもあって、京橋にある紙問屋、藤木屋に奉公していた。

「おさちさんが奉公して、ひと月になりますのでな。あちらの番頭の話では、ほかの女中たちとも打ち解けて、いいつけられた用をきちんとこなしているそうです。気立てがやさしいうえ、飲み込みも早いのだとか」

「そう、よかった」

「まあ、もともと商家の娘さんですし、さほど案じることもございませんでしょう」

穏やかな口ぶりで、丈右衛門が告げる。

おえんは坐《すわ》り直して背筋を伸ばした。

「本来であれば、わたくしもご挨拶にうかがわなくてはいけないのに、ちっとも気が利かなくてごめんなさい。いつもながら、頭が下がります」

そういって畳に手をつくと、

「め、め、滅相もない。お、およしください」

両手を突き出して、丈右衛門がしどろもどろになる。隠居して何年たっても、おえんは主家のお嬢さんなのだ。

「それはそうと、おたねさんのことで、何か耳に入っておいでですか」

汗のにじみ出た額を手の甲でぬぐいながら、丈右衛門が話の向きを変えた。

「あら、おたねがどうかしたの」

笹太郎のことがあってからこっち、松井屋には足を向けていない。おえんの顔を見ると辛《つら》さが増すというお常の気持ちを慮《おもんぱか》ってのことである。

「手前も、先ほど藤木屋で耳にしたばかりでございますが……」

いいさして、丈右衛門がふと思案する顔つきになる。

「こういうことは、当人がじかに話したほうがいいだろうな、うん」

ひとりでぶつぶつやっていたかと思うと、

「ともかく、おたねさんに聞いてください。手前はこれで失礼いたします」

あっさりと締め括《くく》って、腰を上げた。

「ちょ、待って。丈右衛門」

おえんも慌《あわ》てて腰を浮かす。

框を下りて履き物に足を入れながら、丈右衛門が振り返る。

「ですから、話はおたねさんに」

「違うの、これを」

おえんは久木の似顔絵を差し出した。

「お千恵さんの力になって差し上げたいの。しっかり頼みますよ」

恨めしそうにおえんを一瞥《いちべつ》した丈右衛門が、うやうやしく受け取った紙を折り畳んでふところへ押し込んだ。

五

五日後、おえんは深川佐賀町の松井屋を訪ねた。「味噌たまり問屋」の屋根看板を上げた店の脇にある路地を入って裏手へまわると、勝手口の外で人の声がしている。

「あ、おえんさま」

女中のおはるが気づいて腰を折った。

おはるの足許では、下に置いた盤台にまな板を渡して、棒手振《ぼてふ》りの伝次が魚をさばいている。

「まいど、お世話になっておりやす」

庖丁《ほうちょう》を持つ手をしばし止め、伝次が身をかがめる。

おえんは伝次の手許をのぞき込んだ。

「まあ、立派な鰈《かれい》だこと」

柔らかな陽射しが、ぬめりのある表面を輝かせている。小春といってもいいような陽気であった。

「身の厚いのが手に入りやしてね。煮付けで召し上がっていただこうかと」

「大《おお》お内儀《かみ》さまも、お喜びになりますよ」

おえんは腰を伸ばしかけて、

「そうだ、伝次さん。これを見てもらえるかしら」

ふところへ手を入れ、例の似顔絵を取り出す。

「少々わけがあって、人を探しておりましてね。伝次さんは得意先もたくさんおありだし、どこかでお見かけになるかもしれないと思って」

「ふうん、お侍さんですかい」

「同じ絵を、何枚か描いてもらったの。伝次さんも一枚、持って行っていただけませんか」

「そいつは構いませんよ。しかし、こういっちゃなんだが、どこにでもいそうな顔でございますねえ」

伝次がそういって、腰に垂らした手拭《てぬぐ》いに手をかけようとする。おえんはそれを身振りでとどめた。

「どうぞ、そのまま魚をさばいてくださいな。絵はおはるに預けておきますので」

おえんが畳み直した紙を、おはるが受け取った。

「じゃあ、あとでわたしから渡しますね。伝次さん、ひと区切りついたら、台所に声を掛けておくれ」

「あいよッ」

伝次の声が、威勢よく響く。

おはるにうながされて、おえんは勝手口の中へ入った。

「おたねにちょいと用があってね」

「大お内儀さまの部屋かと……。わたし、呼んで参ります」

にっこり微笑んで、おはるが奥へ引っ込んだ。

その笑顔に、おえんはほっとする心持ちがした。四月ばかり前、おはるは祝言を挙げる約束をしていた男に裏切られ、深く傷ついたのだった。あの折は見ていて気の毒なほどしょげ返っていたが、少しずつ立ち直っているようだ。持ち前のほがらかさが働いているのはむろんだが、周りの人たち――とりわけ伝次のあたたかな思いやりが、心の支えになっているのは間違いない。

ほどなく、おたねがあらわれた。

「おえんさま、どうもお待たせしまして」

「ひとつふたつ、話があるの。少しばかり、表に出られるかえ」

おたねがいぶかしそうに眉を寄せる。

「お話でしたら、ここでうかがっても構いませんが」

「丈右衛門がね、お前のことを何やら耳にしたみたいで」

おたねがはっとした顔つきになった。

「あの、お稲荷さんにおいでいただけますか。わたしも、おっつけ参ります」

おたねがお稲荷さんというのは、松井屋から数間《すうけん》はなれたところにある小体《こてい》な稲荷社のことであった。毎夕、店の女中がお揚げを取り替えている。

「わかりました。待っていますよ」

おえんが朱塗りの鳥居をくぐって拝殿に手を合わせ、境内にある木立の根方にたたずんでいると、じきにおたねが姿を見せた。

「あいすみません、大お内儀さまの許しを得ませんと、すぐそこまで出るのも容易ではございませんで」

腰をかがめながら、弱ったように眉尻を下げる。松井屋の女中頭はおたねだが、この頃はお常につきっきりになっており、二番手の古株でおとみというのが若い女中たちを束ねるかたちになっている。

「こっちこそ、勝手をいってすまないね。大お内儀さまの身の回りの一切を、お世話になっているのに」

「いえ、わたしの務めでございますので。ただ、日がな一日、床に横たわっておられるのが、おいたわしゅうございます」

表情を曇らせ、おたねが言葉を続ける。

「先だっても、こうおっしゃるのです。友松にふたたび会える日までは健《すこ》やかでいなくてはと、ただそれだけを支えに生きてきたけれど、このごろは土台かなわぬ望みなのかと思うばかり……と」

「無理もありませんよ。信用しきっていたものが、根こそぎひっくり返ったんですもの」

さっきのおはるが人生のいわば昼前の刻《とき》をすごしているとすれば、お常の人生は夜も更《ふ》けゆく刻にさしかかっている。似たような境遇に身を置いていても見える景色がまるで違うのだ、とおえんは痛感した。おはるの刻は進みだしているが、お常の刻は止まったままだ。

境内を風が吹き抜けていった。

「それはそうと、丈右衛門のいっていた話だけど」

おえんが切り出すと、

「それは、ええと、何から申し上げればよいか……」

にわかに、おたねが落ち着かない口ぶりになった。顎《あご》に手をやり、困ったような気恥ずかしいような顔をしている。

木立が葉を落とした境内は夏場より明るく、穏やかな光におたねの上気した頬が浮かび上がっている。

こんな表情をする人だったかしらと、おえんは見知らぬ女を目にしている心持ちがした。

「あの、笹太郎さんの妹さんのことで、藤木屋さんへ参ったのでございます」

「おさちさんの……。おたねが、またどうして」

「はい、その……」

藤木屋に出向いたおたねは、笹太郎の人となりを請け合ったうえ、その妹であるおさちに間違いがあろうはずはない、くれぐれもよろしく頼みますと、先方の番頭に頭を下げたという。

「丈右衛門さまがくまなく気配りなさったとはいえ、藤木屋さんにも多少の不安はおありかと存じまして……。おさちさん本人にはお目にかかったことはありませんが、笹太郎さんが実体《じってい》で、他人の気持ちを思いやることができる若者だというのは手前どもが誰よりも心得ておりますし、それだけは申し上げたかったのでございます。いささか差し出がましいと、自分でも思ったのですが……」

話すうちに、おたねの声には日ごろの沈着ぶりがもどってきた。

「差し出がましいなんて、そんな。おさちさんも、どんなにか心強く思われるでしょう」

「恐れ入ります。それで、店先の隅で番頭さんと話しているのを、藤木屋の旦那さまがごらんになっていたそうでして」

おたねは、藤木屋の主人、与四兵衛《よしべえ》に見初《みそ》められたのだった。与四兵衛は四十八歳、十年ほど前に女房を病で失っている。子には恵まれなかったが、近いうちに親戚《しんせき》筋から養子を迎える話がついており、跡継ぎを案じなくともよい。

与四兵衛は、おたねが藤木屋を訪ねてきた仔細《しさい》を番頭から聞いて、細やかな心遣いのできる人柄に感じ入ったのである。おたねを後添《のちぞ》えにもらいたいと、松井屋文治郎に申し入れてきたという。

「まあ」

さまざまな思いが渦巻いて、おえんはそれきり声にならない。

「わたしも四十六になりますが、殿方にはとんとご縁がありませんでしたし、思いもよらぬことでして」

帯の前で組んだ手に、おたねが目を落とす。

おえんが松井屋に嫁いだときにはすでに奉公していて、気の強いお常にいびられて挫《くじ》けそうになるおえんを陰ながら支えてくれた女中であり、姉のような存在でもあった。

「お前のおっ母さんは、どちらにおいでなのだっけ」

口にしながら、てんで的外れなことをいっていると、おえんは我ながら情けなくなる。

「もとは小石川の門前町で荒物屋をしておりましたが、父が亡くなったのをしおに店を畳んで、いまは鎌倉にいるわたしの姉夫婦の許に身を寄せております。連れ合いのいないわたしを置いて江戸を離れるのが、たったひとつの心残りと申しておりましたが」

「おたね……」

「じつのところ、遠くにいる母に孝行するような心持ちで、大お内儀さまの身の回りの世話をさせていただいているのですよ。おえんさまは気を悪くなさるかもしれませんが、それはそれで張り合いがございます」

そういって、おたねが苦く笑う。

「文治郎さんは、何と」

「お前の思うようにしなさいと、旦那さまはいってくださいました。とはいえ、大お内儀さまのことも気掛かりでございますし……。ですが」

いったん間を置いて、

「本音をいうと、怖いのでございます」

「怖い……？」

「あれは三十を越した頃でしたか、自分より齢の若い女中が幾人か、立て続けに縁談がととのって暇を取ったことがありましてね。そのときなんとなく、わたしの生涯の居場所は松井屋よりほかにはないと、そう思ったのでございます。おかげさまで、お店の方や仲間の女中たちにも恵まれて、申し分のない毎日を送っております。それゆえ、ふだんとは違う場所で、見知らぬ人たちに囲まれている己れの姿が、まるで思い浮かばないのです」

ひとことずつ手探りでたぐり寄せるように、おたねが言葉を口にする。

九ツを告げる鐘が鳴り始めた。

「あら、もうそんな時分」

おえんがあたりを見まわすと、おたねもそわそわしだした。

「大お内儀さまが、お昼は粥《かゆ》を召し上がりたいと……。あれはお好みの加減に炊《た》くのが、なかなか厄介でございまして」

「長々と引き留めてしまって……。早く行ってておあげ」

「ひとまず、わたしはこれで」

おたねが頭を低くし、足早に去っていった。

六

それから幾日かのあいだ、おたねのことがおえんの頭から離れなかった。内職の針仕事にも、身が入らない。

おたねが藤木屋与四兵衛に見初められたと知って、真っ先に思ったのは、いまおたねに去られては困る、その一点であった。心身ともに参って、おえんすら寄せ付けなくなったお常の面倒を、誰がみるというのか。

丈右衛門がおさちの奉公話をまとめた折におえんへ語ったところによれば、藤木屋は身代こそさほど大きくはないものの、手堅い商売で古くからの得意先をがっちり摑《つか》んでいる店だった。当代の与四兵衛も、実直を絵に描いたような人物で、奉公人たちにも厚く慕われている。

おたねにとって、いや、ほかの誰であっても、またとない良縁であった。

なのに、おえんは手放しで喜ぶことができなかったのだ。

娘のように頬を赤らめたおたねの顔が、まぶたによみがえる。あの表情を見れば、おたねの気持ちは明らかだった。お常の具合を気に掛けている口ぶりではあったが、本心もさることながら、おえんを気遣ってのことではなかったか。

己れがいかに薄情であるか鼻先に突きつけられた気がして、おえんはどうにも重苦しい心持ちになる。

いつしか、手にした針が止まっていた。

気持ちを入れ替えようと路地に出ると、西陽に照らされた井戸端で顔を洗っている男がいる。

「磯貝さま」

おえんが声を掛けると、

「おう、おえんさんかね」

首に垂らした手拭いで顔をごしごしやって、磯貝が白い歯を見せた。

「ずっと傘張りしとると、肩やら腰やら、がちがちになってやれんわ」

そういって両手を突き上げ、おもむろに伸びをする。

長屋に磯貝が越してきて、かれこれひと月余りになる。いっていることのおおよそは、おえんにも見当がつくようになってきた。

「あの、お侍さまは、小さい時分から武芸をたしなまれるのでございますよね。商家の用心棒とか剣術道場のお手伝いなどでしたら伝手《つて》がございますので、よろしければお引き合わせいたしますよ。長屋にこもりきりでは、気も塞ぎますでしょう」

「ほう、そがあな存知寄りがおりんさるんか」

「前に、そういうお侍さまの縁組をととのえたことがございまして」

磯貝は合点のいった顔でうなずいたが、

「わしゃあ、やっとうはからきしなんだわ。こうして、目立たんところで地道に暮らすんが、身の丈に合うとるんよ」

どこか己れにいい聞かせるような口調でいった。

薄暗くなりかけた路地をもどっていく磯貝の後ろ姿を見ながら、おえんは短く息を吐いた。

当人は心当たりがないだろうが、磯貝は時折、寝ていてうなされることがあった。長屋の薄い壁を通して、隣にいるおえんに聞こえてくるのだ。

朝から晩まで家にいて、話し相手もなく内職にかかりきりでは、知らないうちにもやもやしたものを溜《た》め込むこともあるかもしれない。そう考えて、それとなく話を仕向けてみたのだった。

路地に新たな人影が入ってきた。

「辰平さん。いまお帰りですか、お疲れさまです」

おえんが小腰をかがめると、辰平はどぶ板を踏み鳴らしながら、まっすぐに井戸端まで進んできた。商い物の貸本を背負っている。

「磯貝さまと、だいぶ話し込んでたようだが……」

「あら、いつから見てらしたんですか」

「おえんさんは、あのお国訛りがわかるのかい」

おえんの問いには応えず、辰平が訊ねかけてくる。

「お隣さんですし、まあ、いくらかは。傘張りばかりじゃなんですから、外に働き口を見つけて差し上げましょうかと、そんな話をしていたんです」

「ふうん。たいそう親身なんだな」

いつになく突っかかるような口ぶりだった。

おえんがいささか持て余していると、辰平が小さく咳《せき》払いする。

「それはともかく、このあいだの尋ね人は見つかったのかい」

「それが、まったく」

おえんはゆるゆると首を振る。久木磯太夫の似顔絵を、辰平にも渡してあった。

辰平が腕組みになる。

「目鼻立ちがはっきりしねえというか、どうもぼんやりしてるのがよくないいんじゃねえのかな。あれを描いた人にけちをつけるわけじゃねえが、いま一度、ちゃんとした絵描きに頼んだほうがいいかもしれねえよ」

「わたくしも、少しばかり思案してみます」

そう応じたあくる日、おえんは湯島へ足を向けた。

昼前にお千恵の家に着くと、折しも表口の前で、お千恵が棒手振りから鰯《いわし》を買っているところであった。

「生姜《しょうが》をいっぱい利かせて、煮付けにするの。いまの時季なら、火を入れ直せばいくらか日持ちがするし」

おえんを茶の間に通したお千恵は、そういいながら鰯の入った笊《ざる》を台所へ置きに行った。じきに茶の間にもどってくる。

おえんはふところから似顔絵を取り出した。

「いろいろと手を尽くしているのよ。でも、よいお知らせができなくて」

広げた紙を畳の上にすべらせながら、話を切り出す。

「そう」

お千恵が表情を曇らせた。

「ついては、いま一度、こんどはれきとした絵描きの先生に頼んではどうかと思い直したの。これを描いてくだすった弥之助さんの、お師匠さんでね。神田川の向こうにお住まいがあって、ここからだとちょいと歩くのよ。佐久間町にお連れしたのは、そんなわけで……」

どういうわけか、申し開きをするような気持ちになる。

腋《わき》に汗がにじんできたおえんの向かいで、お千恵が似顔絵をのぞき込む。

「やっぱり、似てないのかしらねえ」

心許なさそうに顎へ手をやり、

「えらい先生に描いてもらっても、同じかもしれないわ」

「そんな。自分のご亭主じゃないの」

思わず、おえんの声が高くなった。

「だって、しじゅう顔を突き合わせているのよ。他人より鼻が高かったとしても、見慣れると、それがふつうになる。全体のたたずまいのほうが先に立って、人相がどうのこうのなんて、いちいち気にしなくなるでしょう」

いわれてみるともっともで、おえんはうなずくよりない。

「そもそも、うちの人は地味な目鼻立ちで、これといって目を引く顔ではないの。見てくれよりも、語り口がどぎつくてね。お国訛りが抜けなくて」

かたん、と物音がしたのはそのときだった。

お千恵が台所を振り返り、腰を上げる。障子を引くと、流しのかたわらに猫が一匹、鰯を口にくわえた顔をこちらへ向けているのが、おえんの目に映った。

「こらッ。この子ったら、しごんならんッ」

お千恵が敷居をまたぐと、猫はしなやかな身ごなしで土間に飛び降り、ほんの少し開いている戸の隙間から、あっというまに外へ出ていった。

「もう、これで幾度めかしら。まったく、油断も隙もない」

土間に下りたお千恵が勝手口の戸を閉めて、框を上がってくる。

地味な目鼻立ち。きつい お国訛り。しごんならん。

畳の上でぼんやりと天井を見上げていた似顔絵の男が、にわかにくっきりとした輪郭を帯びておえんを見つめ返してきた。

七

師走《しわす》に入ってすぐ、江戸は雪になった。夜のうちに二寸ほど積もって、家々の屋根も白くなったが、あくる日は穏やかな晴天でおおかたが解けた。軒下や日陰に寄せられた雪も、三、四日するとすっかりなくなって、あとには年の暮れのあわただしさばかりが取り残された。

松井屋の台所でおえんが待っていると、ほどなく、おたねがお千恵を伴って奥から出てきた。

お千恵がしずしずと框を下り、履き物に足を入れておたねに向き直る。

「おたねさま。本日はお手数をおかけいたしました」

「こちらこそ、お疲れさまでした。お返事は、旦那さまや大お内儀さまとご相談したのち、おえんさまを通じてお伝えいたします」

「心得ました。なにとぞよろしくお頼みいたします」

お千恵は腰を折ると、かたわらにいるおえんに顔を向けた。

「おえんさん、わたしは下がらせていただくわね」

「ええ。また後ほど」

おえんが小さく顎を引くと、お千恵はわずかに身をかがめて戸口を出ていった。

あらかじめ申しつけられているとみえ、女中たちはどこかへ引っ込んで、昼下がりの台所にいるのはおえんとおたねのふたりきりである。

戸口の外には、きりっと冴《さ》えた冬の陽が射しかけており、雀《すずめ》が四、五羽ほど、しきりに地面をついばんでいる。

「おえんさまが太鼓判を押される通り、たいそう気働きのある方でございますね。大お内儀さまの身体を拭《ふ》くのを手伝ってもらったのですが、こちらが指図する前に、湯加減をみたり手拭いの位置をととのえたり、安心して任せることができました」

おたねが框へ膝をついた隣に、おえんも腰掛ける。

「娘時分から、お千恵さんはしっかりした人だったもの」

「お医者さまの娘さんというのも頼もしゅうございます。じつはこのところ、大お内儀さまのお通じがあまりよくありませんで、お腹《なか》が張っていたのです。お千恵さんが灸《きゅう》を据えたところ、にわかにするっと」

「あら」

おえんの顔を見て、おたねが目許を弛《ゆる》める。

「大お内儀さまは、お千恵さんをお気に召したようでございます。はっきりとはうかがっておりませんが、お顔を見ればわかります」

おえんの口から、ほっと息が洩れる。おえんがお千恵をお常付きの女中に推挙し、今日はいってみればその小手試しであった。

「お千恵さんがわたくしにいうには、自分は理屈っぽくて勝ち気なところがあると、少しばかり案じておられたけれど……」

「大お内儀さまのお世話をするには、それくらいの方でないと務まりませんよ」

おたねが口の端を持ち上げたのを見て、おえんもそっと笑う。

「これで、おたねも憂《うれ》いなく、藤木屋さんとの縁談を進めることができるわね」

おえんがそういうと、おたねの表情が引き締まった。

「わたし、ちゃんとやっていけるでしょうか」

「まあ、まだそんなことを」

「そうはいっても、もう、やり直しがきく齢ではございませんし」

おたねがうつむく。

おえんは戸口へ目をやった。雀たちが何やらにぎやかに鳴き交わしている。

「人の寿命はそれぞれだし、一概にはいえないだろうけど、おたねはこれから夕暮れを迎える頃合いかもしれないわね」

「夕暮れ……。まことに、いい得て妙ですこと。日が暮れたら、あとは暗くなるばかり」

苦々しく笑ったおたねに、おえんは首を左右に振った。

「夕暮れの空には、じゅうぶん光が残っているわ。夕明かりは、その日いちにちを愛《いと》おしむように、いっとううつくしい色で天を染め上げる。おたねの行く手にあるのは、そういう刻なんじゃないかしら」

「おえんさま……」

おたねの目が、心なしか潤《うる》んでいる。

雀たちが鳴きやみ、いっせいに光の中へ飛び立っていった。

八

大筋が固まると、あとはとんとん拍子に話が進んだ。

「おえんさん、悪いわね。年の暮れの、気ぜわしいときに」

大八車に積まれていた柳行李を部屋に運び入れながら、頭に埃避《ほこりよ》けの手拭いを被《かぶ》ったお千恵がいう。

「いいのよ。年の内にごたごたが片付いてよかったわ」

上がり框に雑巾《ぞうきん》をかけていたおえんはお千恵に応じておいて、土間へ首をめぐらせる。

「磯貝さま……じゃなかった、久木さまはたびたびの引っ越しで目まぐるしい思いをなさっているでしょうけど」

「いやはや、わしもこうなるとは思うてもみんかった」

抱えている鍋釜《なべかま》を流しの下におろして、久木が首のうしろへ手をやった。

このまえ湯島を訪ねた折、あることに思い当たったおえんがお千恵を瀬戸物町へ連れてきてみると、見事に読みが的中した。磯貝と名乗っていた浪人は、お千恵の亭主、久木磯太夫だったのである。

さっそく、その場でおえん立ち会いのもと、夫婦の話し合いがもたれた。その中身はというと、ざっとこうであった。

まず、磯太夫にお千恵よりほかの女と子供がいるというのは、まったくもってお千恵の思い違いだった。お千恵が見咎《みとが》めた子供向けの玩具は、磯太夫が国許にいる甥《おい》っ子に送ってやろうと見繕ったものだったのだ。

「正直に応えとるのに、かみさんがはなから聞こうとせんのよ。こっちもかあっときて、家を出た。出てしもうたからには、ちょっとやそっとでは帰る気がせんかった」

とは磯太夫の弁で、意外にも豪胆な面があるようだ。

お千恵はというと、磯太夫の顔を目にするなりおえんなどそっちのけでその胸に飛び込み、「お前さまのこと、ずっと案じていたのですよ」といったきり、しばらくぎゅっと抱きしめていた。話し合いにしても、磯太夫がそれまでの経緯を語るのを、目許に袂を押し当てながら、しおらしく聞いていた。

それはともかく、湯島を出て当座のあいだは馬喰町《ばくろちょう》の木賃宿に泊まっていた磯太夫だが、いっそ部屋を借りたほうが安上がりではないかと思案して、芽吹長屋に越してきたのだった。

「何ゆえ、名を偽っておられたのですか」

おえんが訊ねると、

「その、何ちゅうか、これまでとは違う自分になりとうてね。しかし、大家にはきちんと名乗ったぞ」

どうにもはた迷惑な言い分ではあったが、大家のところへいくと磯太夫のいった通りで、事情を聞いた大家は、ただちに磯太夫が部屋を引き払えるよう手配りしてくれた。

その後、お千恵がお常付きの女中として松井屋に奉公する運びとなり、夫婦は湯島の家にも始末をつけ、深川にあるこの長屋へ引き移ることにしたのであった。

「わたくし、手前勝手なお願いをしたような気もするのよ。手習い所だったら、深川でもご夫婦でできるでしょう。ほんとうに、これでよかったのかしら」

おえんが雑巾がけの手を止めると、柳行李を茶簞笥《ちゃだんす》の横に置いたお千恵が、顔の前で手を振った。

「お気になさらず。親の齢も齢だし、いずれ深川にもどりたかったの。でも、きっかけがなくてね。こたびは、渡りに舟だったのよ」

「そうはいっても、ふたりのほうが何かと都合がいいこともあるんじゃないの。あの、こんなことをいうのは何だけど、手習い子たちに物をおしえるのに、お国訛りがあっては差し支えたりしないかと……。お千恵さんがいれば、そのあたりを気にしなくてもいいでしょうし……」

おえんが言葉を選びながらいうと、磯太夫がこほん、と咽喉《のど》を鳴らした。

「むろん、手習い所の師匠としてあるときは、江戸の物言いで指南にあたっておりますよ。お国訛りが子供たちにうつってしまっては、何といっても親が承知しません。これでも江戸暮らしはだいぶになるし、女房はこちらで生まれ育った女子ですのでな」

いかめしい口ぶりでいったのち、

「手習い子が帰ったあとは、お国訛りになるんよ。こう、気持ちがほっとして、肩も凝らんけえね」

「ま、そうだったんですか」

おえんはどっと拍子抜けした。

お千恵がくすくす笑っている。

「何はともあれ、松井屋さんの家作《かさく》に空きがあって助かったわ。お店のすぐ裏手だし、いつでも行き来できるもの。旦那さまと大お内儀さまも、通いで奉公することを快く承知してくだすって……」

それにね、とお千恵が続ける。

「夫婦で手習い所をやっていると、一日じゅう、ふたりがほとんど一緒にいるの。世の中には、それで何ともない夫婦もいるんでしょうけど、わたしたちは適当な間合いがあるほうがいいみたい。ふたりで、そう話したの。ね、お前さま」

お千恵が土間を振り向くと、

「はて、松井屋とな」

磯太夫が首をひねっている。

「おえんさんは、丸屋じゃないんか」

「丸屋はわたくしの実家です。嫁ぎ先が、松井屋でして……。といっても、離縁しましたので、いまは芽吹長屋のえんですが」

おえんが応じると、お千恵が口に手を当てた。

「わたしったら、娘時分と同じ調子で、丸屋のおえんさんと」

「わかるわ。わたくしだって、道安先生のところのお千恵さんのほうがしっくりくるもの」

おえんも肩をすくめる。

磯太夫が腕組みになった。

「おえんさん、つかぬことをうかがうが、離縁したのは子に恵まれんかったからかね」

「お前さま、何てことを」

声を尖《とが》らせたお千恵を目顔《めがお》で制して、おえんは磯太夫に膝を向ける。

「離縁に至った顚末をお話しすると長くなるので端折《はしょ》りますが、子はふたり、どちらも男の子でございます。ですが、上の子は十年ほど前に行方知れずとなり、下の子もいろいろと仔細がございまして、いまは川越の商家に奉公しております」

そういう、少々入り組んだ訳合いのある店に、お千恵は奉公するのである。この際、磯太夫にも包み隠さず話しておいたほうがいい、とおえんは了簡《りょうけん》した。

「上の子が、行方知れずというのは」

「友松と申しましてね。家の者たちと、隅田堤へ花見に参ったのです。名物の桜餅《さくらもち》をひとりで買いにいって、それきり……」

堪《こら》えきれなくなって、声がかすれた。

「おえんさん、ごめんなさい。辛いことを思い出させてしまったわね」

お千恵がすっと腰を上げて框へくると、膝をついておえんの肩をさすってくれる。

磯太夫は気まずくなったのか、こちらに背中を向けている。

ひとわたりの家財道具を運び入れて一段落ついたところで、おえんはお千恵たちの家を後にした。

永代橋の上は、大川を渡ってくる風が冷たかった。通行人たちはいずれも身をすくめ、せわしない足取りで行き交っている。

橋の半ばでおえんが振り返ると、深川の家並みが影絵のように横たわっていた。空は灰色の雲に覆われているが、いくつかの裂け目からこぼれる光が黒っぽい町に射しかけて、神々《こうごう》しいようでもある。

友松のことを話して波立った心持ちを、目の前の風景が少しずつ鎮《しず》めていく。

お千恵と磯太夫のふたりも、何だかんだいいながら、あれはあれで味のある夫婦なのだ。磯太夫が夜中にうなされていたのも、お千恵といい合いになったことが胸にわだかまっていたのに相違ない。

お千恵の家を出たあと、ついでがてら顔をのぞかせた松井屋では、おたねと手短に立ち話をした。藤木屋与四兵衛と、来春にも祝言を挙げることで話が運んでいるそうだ。

思えば、お千恵にしろおたねにしろ、つまるところご縁の糸を引き寄せたのは当人みずからの手であって、おえんはほんのちょっと背中を押したにすぎなかった。だが、そこには、これまで取り結んできたいくつものご縁が、ゆるやかにつながっている。そんなふうに、ささやかなご縁どうしが響き合い、輪になりながら広がっていくのも、またひとつのご縁のかたちなのかもしれない。

足許では、川の水音が途切れることなく続いている。

ともかく、これでいい年が越せそうだわ。

心の底から、おえんはそう思ったのだった。

が、しかし。

久木磯太夫がふたたび姿をくらましたのは、それから三日ばかり後のことであった。

余寒

一

竈《かまど》に掛かっている釜《かま》の蓋《ふた》を取ると、ふわっと湯気が立ちのぼった。粥《かゆ》の煮える香りが、おえんの顔を包み込む。

細かく刻んでおいた若菜を粥に混ぜて蒸らしたのち、五人分の茶碗《ちゃわん》によそい分ける。盆を抱えたおえんが茶の間に入ると、戸倉佳史郎とお俊、康太郎、そして笹太郎が、膳《ぜん》について待っていた。膳には、お俊が先に運んだ豆腐汁と香の物が載っている。

「いただきます」

この正月で八つになった康太郎がほがらかにいって合掌し、ほかの者もそれに倣《なら》う。

茶碗の半分ばかりを食べて、

「七草がぜんぶ入ったお粥は、香りが違うわね。この幾年か、なずなと小松菜でごまかしていたのが、なんだか恥ずかしい」

首をすくめるお俊に、おえんは苦笑まじりに返した。

「わたくしだって、長屋でひとりだったら、きっと似たようなものよ。去年の正月なんて、風邪をひいて寝込んでいたし、七草粥を食べたかどうかも覚束《おぼつか》ないわ」

七草粥を一緒に食べないかと、年明けの三日に声を掛けたのはおえんである。食材と煮炊《にた》きは受け持つから、台所と道具を貸してほしいというと、盆も正月もなく組紐《くみひも》の仕事にいそしんでいるお俊は、二つ返事で了承した。

すなわち、ここは日本橋呉服町にあるお俊の家なのだ。

せり、なずな、ごぎょう、はこべら、ほとけのざ、すずな、すずしろ、是《これ》ぞ七草。

子供時分、五七五七七の歌で憶《おぼ》えた七種の若菜を、おえんは昨日、往来を売り歩いている農家の女から買っておいた。その年の無病息災を祈って、七日の朝に食べる慣わしだが、すでに昼になっている。

「去年の正月か……。一年後の自分が女房と子にめぐまれ、弟子を抱えているとは、思いもしなかったな。めぐりあわせの妙味とでもいえばよいのか、深遠なものを感じることだ」

佳史郎が宙を見つめると、

「先生。それは、手前も同感です」

笹太郎も箸《はし》を止めていう。

お俊と知り合うまで、佳史郎は女子《おなご》に背を向けていたところがあったし、笹太郎は、去年の正月は父親を亡《な》くしたばかりで、新年を祝う心持ちには到底なれなかったはずだ。

佳史郎と笹太郎に、お俊があたたかな眼差《まなざ》しを向けている。

おのおのが感慨を嚙《か》みしめながら、七草粥を味わった。

食べ終わって膳を片付けながら、お俊が訊《たず》ねる。

「ところで、お千恵さんのご亭主は、まだもどっていらっしゃらないの」

お千恵の亭主、久木磯太夫は、夫婦喧嘩《げんか》の末に住まいを飛び出して行方知れずになったのち、紆余《うよ》曲折を経て女房の許《もと》へ帰ってきた。しかし、一連の成り行きに立ち会ったおえんが胸をなでおろしたのもいっときのこと、磯太夫はまたしても姿をくらましたのである。

そうした流れを、おえんは七草粥のことでお俊の家へ顔を出した折、ざっと話してあった。

「あの、手前は自分の部屋に下がります。おえんさま、粥をごちそうさまでした」

笹太郎が膝《ひざ》に手をそろえて頭を低くし、かたわらの康太郎に声を掛ける。

「康ちゃんも、向こうへいかないか」

「うん。笹太郎兄ちゃん、お話を聞かせておくれよ」

康太郎が立ち上がった。

「あら、笹太郎さんが康太郎ちゃんにお話を」

おえんが顔を向けると、

「おいらのお父《と》っつぁんもお話をこしらえるのがうまいけど、笹太郎兄ちゃんのお話も面白いんだよ」

「へえ、そうなの」

「笹太郎兄ちゃん、いこう」

康太郎にうながされると、いま一度、照れくさそうに頭を下げて、笹太郎が腰を上げる。

部屋を出ていくふたりを見ながら、お俊が感心したようにいう。

「笹太郎さんて、ああして、さりげなく気《き》を利かせてくれるの。人のことを、よく観《み》ているわ」

「さて、こっちも退散するかな。女どうしの話をするのに、いろいろと気兼ねもあるだろうし」

独り言のようにつぶやいて、佳史郎が腰を浮かす。

「戸倉さま、よろしかったらいてくださいな。女どうしでは見当がつかないことも、殿方でしたらお気づきになるかもしれませんでしょう」

　おえんに引き留められると、

「ん、そうですか」

　佳史郎があっさりと坐《すわ》り直した。心なしか、顔がほころんでいる。

　おえんはしばし、何をどう話そうかと思案した。

「深川へ引っ越して、久木さまが二度めの失踪《しっそう》をなさったのが、暮れの二十四日。それから、わたくしも三日に一度はお千恵さんの長屋を訪ねているけど、もどっておいでにはならないわ」

「いきなり、いなくなったのかしら」

　お俊がいぶかしそうな顔をする。

「お千恵さんは、年明けから松井屋に通い奉公することになっているし、挨拶《あいさつ》も兼ねてお店へ顔を出しに行ってたんですって。帰ってきたら、久木さまの姿が見当たらなくて、畳の上に書き置きがあったそうで」

「何と書いてあったか、うかがってもよろしいですか」

　佳史郎の眉《まゆ》が持ち上がる。

「差し支えがあって、ここにはいられない。いずれ時が参ったら仔細《しさい》は明かすゆえ、行方を探さないでくれ、と」

　お千恵が見せてくれた書き置きの文言を思い出しながら、おえんが応《こた》える。

「差し支え、ですか」

「お千恵さんは、まるで心当たりがないといっていました」

「その、久木どのが立ち回りそうな場所はないのですか。親戚《しんせき》とか、昵懇《じっこん》にしている知《し》る辺《べ》とか」

「それについても、からきしで」

　おえんが顔をしかめると、佳史郎が腕組みになった。

「ねえ、お千恵さんのご亭主って、どんな方なの」

　お俊の目に、好奇の色が滲《にじ》んでいる。

「どんなって……」

「おえんさんからあらましを聞いたきりで、いっぺんもお目にかかれてないんだもの。お千恵さんて、目から鼻に抜けるというか、きらきらした人だったし、お眼鏡にかなうのはどういう殿方なのか気になるわ」

　おえんは少しばかり考えて、

「久木さまは、真面目《まじめ》で気性の穏やかな方ですよ」

「ご浪人とうかがったけど、お国許がどちらなのかも、お千恵さんはご存知ないのでしょう。こういっては何だけど、得体が知れないわ。ちょいと気味が悪くないかしら」

「これ、お俊さん」

たしなめるように、佳史郎が女房の顔を見る。

「武家というのは、そうやすやすと身の上を口外するものではないんだ。ご浪人ともなれば、仕えていた主君の名を口にするのも憚《はばか》られることだって、あるかもしれない」

首を縮めたお俊に、おえんは笑いをこらえながら言葉を添える。

「世間の殿方と比べて、久木さまには少しばかり細やかなところがおありなの。当人が話したくないことを、お千恵さんはむやみに訊ねたりしないのよ。ご亭主の居心地がいいように心を砕いて差し上げられるって、お千恵さんらしいなと思うわ」

「そう、よいご夫婦なのね」

神妙な顔つきで、お俊が相づちを打つ。

「お国許はともかく、お国訛《なま》りは相当なものよ。目刺しをかっぱらった猫に向かって、しごんならんって」

「しごんならん……。どういう意味かしら」

お俊が眉をひそめると、佳史郎が首をひねりながらいった。

「いたずら小僧とか、やんちゃ坊主《ぼうず》ということではないのかな」

女ふたりの視線が、さっと佳史郎に集まる。

「戸倉さま、どうしてそれを」

目をまたたいているおえんに、

「子供時分、藩の上屋敷で耳にしたことがあります。戸倉家は江戸定府《じょうふ》の家柄で、家の者は江戸言葉を話しますが、殿さまに従《つ》いて国許から出てきた連中が喋《しゃべ》るのは、もっぱらお国言葉でしてね。まあ、大体のところは察しがつくが、たまにさっぱり聞き取れない言葉が挿し挟まれたりして、そういうときは勤番の連中におしえてもらうんです。しごんならんも、そのひとつで」

記憶をたどるような表情で、佳史郎が応えた。所帯を持つまでは、吉原遊郭にある親戚の家に居候《いそうろう》していた佳史郎だが、もともとは、とある藩の江戸屋敷に勤める戸倉家に生まれた三男であった。

「ということは、久木さまが仕えておられたのは、戸倉さまのご実家が勤めておいでの……」

「さて、お国言葉だけでは何ともいえませんが、屋敷には家を継いだ兄がおりますので、聞き合わせてみましょう」

気安い調子で請け合った佳史郎だったが、

「あの、どちらの藩か、うかがってもよろしいですか」

おえんが訊ねると、いささか歯切れが悪くなった。

「それはちょっと……。申し上げても差し障《さわ》りはないのですが、少々話が入り組んでおりまして……。すみませんが、いまは勘弁してください」

二

三日後の昼下がり、おえんは深川佐賀町の松井屋を訪ねた。

「大《おお》お内儀《かみ》さまは、いくぶん心持ちがすぐれないとのことでして……」

台所の土間で待っていると、奥の部屋を出てきたおたねが心苦しそうに告げる。

「年の始めのご挨拶を申し上げたかったけれど、なかなかお顔を見せていただけないわね」

おえんはわずかに顔をしかめた。

松井屋が災厄に巻き込まれそうになった一件があって、かれこれ半年が経《た》つ。誰よりも胸を痛め、沈み込んだのがお常だった。限られた数人よりほかとは口もきかず、つらい出来事を思い起こさせる一切を、寄せ付けなくなっている。おえんが会うこともかなわなかった。

新たな年を迎えて、多少なりとも気持ちが上向いてきたのではと淡い希《のぞ》みを抱いていたが、そうたやすくはないようだ。

「ちょいと、その辺を歩かないかえ」

気を取り直しておえんがいうと、

「はい」

おたねは快く返事をして、土間にある履き物に足を入れる。流しで水を使っている若い女中に表へ出てくると断って、勝手口を出た。

「大お内儀さまには、お千恵さんが付いていてくれますので……」

歩きながら、背中へ掛け渡した襷《たすき》をおたねがほどく。いっときはお常に掛かりきりで、息抜きする間もなかったのだ。

おえんは短く息をついた。

「それにしても、大お内儀さまがお千恵さんを気に入ってくだすってよかったわ。奉公するにあたっては、わたくしの友人だと隠さずに申し上げなくてはならないでしょう。それでこの話がつまずいたらと、気が気ではなかったのよ」

通りに出たふたりは、仙台堀に架かる橋を渡った。

ひと月ほど前は、往来を行き交う誰もが背を丸めていたのに、いまは心なしか身体《からだ》を起こして、ゆったりと歩いている。大川から吹いてくる風も、肌を刺すような冷たさは和らいでいた。

「何と申しますか、似た者どうし、うまが合うのではございませんでしょうか」

かつておえんが松井屋のお内儀であったときのように、しぜんに三歩ほど下がって従《つ》いてくるおたねが、ふっと目許を弛《ゆる》める。

「昨日も、大お内儀さまが愚痴をこぼされましてね。身体を動かすと何処《どこ》もかしこも痛むし、何を食べても味気ない。これでは生きていようが死んでいようが同じことだとおっしゃいまして、わたしも受け応えに詰まったのですが」

それを聞いて、お千恵が返した言葉はこうだった。

「痛みを感じるのは生きている証《あか》しにほかならず、味気ないと思うのは、もっと美味《おい》しいものを食べたいという気持ちの裏返し。つまり、大お内儀さまには生きる力がみなぎっておいでだと、そんなふうに」

「まあ。お千恵さんったら」

その光景が目に浮かぶようで、おえんは小さく吹き出した。磯太夫のことがあって、気が滅入《めい》っているのではないかと案じていたが、さすがは芯《しん》の強い人だ。

「そうだ、おたね。お千恵さんに言伝《ことづて》を頼めるかえ」

「むろんでございます」

おえんは、磯太夫のお国訛りから消息を辿《たど》れないかと、戸倉佳史郎に聞き合わせてもらっていることを話す。

軽やかな足音が後ろに近づいてきて、おえんとおたねを追い抜いていった。このあたりに住む男の子たちだろう、三人ばかりがいずれも凧《たこ》を脇《わき》に抱えている。

「あすこなら、高く揚がるんじゃねえかな」

「そうか、河原は風があるもんな」

「よし、試してみよう」

額を寄せていい合っていると思ったら、競うように土手を駆け下りていった。三人とも六、七歳といったところだ。

あっという間に河原に下りて、男の子たちは凧を揚げ始めた。風をとらえた凧が、するすると空を昇っていく。糸のうなる音が、おえんにも聞こえるようだ。

柔らかな陽射《ひざ》しの中を、三つの凧が気持ちよさそうに泳いでいる。ふたつは角凧《かくだこ》で、ひとつは奴凧《やっこだこ》だった。

あれに似た奴凧を、おえんも友松にねだられて買ってやったことがある。

「わたし、祝言《しゅうげん》の日取りが決まりました」

いつのまにか、おたねが一間ほど先で振り返っていた。おえんは奴凧に気を取られて、追い越されたのに気がつかなかったのだ。

己れが何を思いながら河原を眺めていたのか、見通されているに違いなかったが、触れないでいてくれるところに、おえんはおたねの心遣いを感じた。

「まあ、いつ」

「いちおう、三月三日と」

「桃の節句ね。お祝いは、何がいいかしら」

「そんな、お気持ちだけでじゅうぶんですので」

ふたりはふたたび歩きだして、新大橋の袂《たもと》にさしかかっていた。

どちらからともなく川べりに立って、大川の流れを見つめる。水面に砕けた細やかな光を搔《か》き分けて、荷舟が川を遡《さかのぼ》っていく。

「丈右衛門がいってましたよ。藤木屋与四兵衛さまは、手堅いご商売をなさっている、頼もしい方だと」

おえんがいうと、おたねはこくりとうなずいた。

「まことに、わたしにはもったいないような方でございます。先だっても、わたしが不安にならないようにと、お店に招いてくださいましてね。お昼を頂いたあと、商い物の紙を見せてもらったんです。産地によって白さや風合いがあんなに違うものだとは、思ってもみませんでした。与四兵衛さまは一枚一枚、丁寧に講釈してくださすって、それはもう紙を知り抜いておいでで……」

熱っぽく語っていたおたねが、あっけに取られているおえんを見て、頰に両手をやった。

「あら、わたしとしたことが」

十以上も齢嵩《としかさ》のおたねが娘のように恥じらう姿に、おえんの心がじんわりと温まる。

「ほかには、どんなお話を」

口許がひとりでに弛むのが、自分でもわかった。

おたねが帯の前に手をそろえ、こほんと咳《せき》払いする。

「与四兵衛さまの商い仲間のお話などを」

「じゃあ、紙問屋仲間の」

「さようでございます。そちらのお店の娘さんに、近ごろ縁談が舞い込んだそうでして」

おたねは、ふだんの抑制がきいた口ぶりにもどっていた。

南新堀町の津野屋《つのや》主人、卯八《うはち》は、藤木屋与四兵衛と同い齢で同業でもあり、日ごろから親しく行き来している。津野屋にはお布由《ふゆ》というひとり娘がいて、そろそろ年頃を迎えるので、婿《むこ》にふさわしい男がどこかにいないかと、卯八は常々心に留めていた。そうした折、津野屋に出入りしている医者が、縁談を持ち込んだのだった。

医者というのは、どの家にどのような男女がいるかや、家の内情に通じているのはむろん、商家であれば金蔵に千両箱がいくつ収まっているかといったことまで見極めがつくともいい、縁組の仲立ちをする例がわりとある。じっさい、おえんが世話になったのもそうだった。

「津野屋さんでは先方の釣《つ》り書《がき》を受け取って、ご主人が目を通したそうですが、その縁談を娘さんに勧めてよいものか、いくぶん迷っておいでなのです」

「釣り書に、何か気になることでも」

おえんが首をひねると、

「いいえ、そうではございませんで……。お医者から聞いた相手の人柄も釣り書も、申し分ないものだったとか。むしろ、何といいますか」

おたねはわずかに間をおいて、

「申し分なさすぎるのだと」

その口調があまりにも深刻めいているので、おえんは笑ってしまった。

「ほら、仲人口《なこうどぐち》というじゃないの。いささか気が弱くて頼りない人のことを素直で心根がやさしいといったり、心配りが足りない人を気さくだといったり、仲人は何とでもいってのけるものよ」

「では、おえんさまも……」

おたねが眉を寄せる。

「わたくしは嘘《うそ》をつくのが不得手だし、正直に話しますけどね。おかげで、いつになっても内職の針仕事をやめられないわ」

おえんが口の片端を持ち上げると、おたねは小さく肩を上下させたが、

「仲人口はともかく、こんなによい縁談は滅多にあるものではないと、お医者が返事をせかすそうなのでございます。与四兵衛さまも、津野屋のお布由さんを小さい頃から知っているので、たいそう気に掛けておいでででして」

深刻そうな表情が、ついぞ晴れることはなかった。

三

芽吹長屋では、年の瀬に久木磯太夫が越していって、おえんの東隣はまた空き部屋になっている。

おえんが家の前で辰平と立ち話をしていると、路地に人が入ってきた。

「あ、おえんさんとこの番頭さんだ」

辰平がひょいと振り返っただけでいい当てるのも道理で、丈右衛門はその昔、力士と見間違えられたこともあるような大男であった。

「それじゃ、おれはこれで」

「ええ、また」

軽く片手をあげた辰平が、ずんずん突き進んでくる大きな身体を避けるようにすれ違って、自分の家にもどっていった。

「貸本屋と、何を話していたんですか」

辰平の後ろ姿をじっとりした目で見送った丈右衛門が、そういって土間に入る。

「何をぷりぷりしているの。まるで小姑《こじゅうと》みたい」

軽く受け流したおえんに、丈右衛門はむっつりしたまま部屋へ上がった。

「商いにも出ないで、こんな明るいうちから油を売っている。まったく、どういう了簡《りょうけん》をしているのでしょうな」

「今日は藪入《やぶい》りだもの。子供が奉公先から帰ってきている家はてんやわんやだし、子供を親許に帰した奉公先のほうはゆっくりしたいものよ。本を担《かつ》いでまわったって、商売になるもんですか」

「それはまあ、そうですが」

ぼそりといって、丈右衛門が携えてきた風呂敷《ふろしき》包みを開くと、淡い卵色の地に小花や蝶《ちょう》の縫い取りをあしらった布地があらわれた。

「おっ母《か》さんが着ていたものを、娘さん用に仕立て直してほしいそうです。桃の節句に着せたいとのことでして」

布地をあらためるおえんの頭に、おたねの祝言のことが浮かぶ。

「たしかにお預かりしましたと、先方にお伝えしておくれ。洗い張りがすませてあるし、ひと月もあれば仕上げられますよ」

応えながら、布地を風呂敷に包み直した。

「桃の節句というと、折しもおたねさんの祝言の日取りが、三月三日に決まったそうでございますな」

「わたくしもいま、それを考えていたところですよ。丈右衛門とは、気持ちが通じ合っているのね」

丈右衛門の顔がぱっと輝く。

「それでね、丈右衛門」

おえんは、おたねから聞いた津野屋の話をかいつまんで語った。

相づちのひとつも打つことなく、丈右衛門は耳を傾けている。

「仲人口なんて、どこにでもあることだと話半分に聞いていたのだけど、おたねの憂《うれ》い顔を見ていたら、だんだん心許なくなってきて……。そういうわけで、津野屋さんに持ち込まれた縁談の善《よ》し悪《あ》しを、こちらで吟味して差し上げてはどうかと思いついたの」

ひととおり話が終わっても、丈右衛門はしばらくのあいだ黙っていた。表情に光が射しかけたのも束の間、すっかり掻き曇っている。

「はて、どうにも話が飲み込めないのですが、そんなことをする筋合いが、どこにあるのでございましょうか」

丈右衛門が首をかしげる。

「藤木屋さんとおたねには、晴れやかな心持ちで祝言を挙げてほしいのよ」

「お嬢さんの気持ちはわからないでもありませんが、お節介にもほどがありませんか」

「薄情なことを。ふたりを祝う気持ちが、お前にはないのかえ」

「むう」

低くうなって、丈右衛門が腕組みになる。

「お医者が推挙してよこしたのは、芝の佐和見屋《さわみや》って瀬戸物屋の次男で、昌次郎《まさじろう》さんて人でね。その人柄がお医者のいう通りなのか、丈右衛門に調べてもらいたいの」

「要するに、お医者の仲人口の裏を取ってこいと、そういうことで」

丈右衛門の口ぶりには刺《とげ》があった。

「裏を取るって……。ほかにいい方があるでしょう」

「お言葉ではございますが、このごろのお嬢さんときたら岡っ引きの真似事《まねごと》をなさったあげく、こんどは八丁堀の役人を気取っておられるようでございます。手前が後見についていながら、こんなことになろうとは。どこでどう間違えたのやら、まことに情けないことで……」

にわかに丈右衛門が言葉を詰まらせ、袂を目許へ持っていった。

また始まった。いつもの手だ。

おえんは丈右衛門の顔が上がるのを待つ。しかし、一向にその気配がない。

「あの、丈右衛門……？」

声を掛けても、小山のように盛り上がった肩が、小刻みにふるえているばかりである。

つきんと、おえんの胸が痛んだ。

「ええと、こたびのことは、見ようによってはよその仲人の手柄を、わたくしが横取りしようとしているふうに受け取られるんじゃないかと、そう思案して……。表立って動くこともかなわないし、お前に頼むつもりだったのだけど……」

我ながら、声がおろおろと泳いでいる。

「丈右衛門、すまなかったね。お前に岡っ引きみたいなことをさせようだなんて、わたくしもどうかしていたわ」

丈右衛門を悲しませてはいけないと、おえんは心の底から思った。

やがて、袂の下から、丈右衛門のくぐもった声が返ってきた。

「お嬢さんにやっとわかっていただけて、丈右衛門はうれしゅうございます」

おえんは床に指先をそろえ、頭を低くする。

「お前の気が進まないのに、押し付けようとしてごめんなさい。いまのは、忘れてくれるかえ。じつをいうと、さっき同じ話を辰平さんにもしたところでね。快く引き受けてくだすったし、あちらにまるごとお任せするわ」

「何ですと。貸本屋が」

ばっと、丈右衛門が袂を払いのけた。

泣いているとばかり思っていたのに、目に涙の跡はなく、その代わり燃えるような光が宿っている。

四

暮れ六ツの鐘を耳にしながら、おえんは長屋の前で声を掛ける。じきに腰高障子が引き開けられ、お千恵の顔がのぞいた。

「おえんさん、いらっしゃい。わたしも、今しがたもどってきたの。どうぞ上がって」

「すまないわね、疲れているでしょうに」

「平気よ、ふだんはもっと遅いもの。夕餉《ゆうげ》のお菜を、おたねさんが持たせてくだすってね。すぐに支度をするわ」

お千恵の住まう長屋は松井屋の家作で、店の裏手にある。

深川でいくつか用を足してきたおえんは、ここを訪ねる前にいちど松井屋に立ち寄って、おたねに話をしておいた。通い奉公のお千恵は日ごろ、夕餉をすませたお常が床に入るのを見届けて店を出るのだが、おたねが気を利かせて、早めに持ち場を上がらせてくれたのだった。

部屋の中ほどへ膳を向かい合わせに置き、おえんとお千恵は膝を折る。

「芋の煮っころがしや青菜のお浸しも、一緒に食べてくれる人がいると美味しいものね」

「そうね、お千恵さんのいう通りだわ」

応えながら、お千恵がいま食膳を共にしたいのは己れとは別の人だろう、とおえんは思う。

磯太夫が二度めの失踪をして、ひと月になる。夫婦の引っ越しを手伝った日のことが、おえんの脳裡《のうり》によみがえった。磯太夫は土間に立って、どこかとぼけたような味わいのあるお国言葉を喋っていた。

あの独特な響きを耳にしたようで、おえんは首をめぐらせるが、行燈《あんどん》のあかりはとぼしく、土間は暗がりに溶け込んでいる。

あらかた食べ終わると、お千恵が箸を置いて顔を上げた。

「おたねさんにうかがったわ。お俊さんのご亭主が、しごんならんって言葉を聞いたことがおありなんですってね」

「戸倉さまとおっしゃるの。とある藩の江戸屋敷に、久木さまのことを聞き合わせてくださって……。お返事が、そろそろではないかと」

「そう。いまは待つよりほかないわね」

お千恵が手許に目を落とす。

「くどいようだけど、久木さまが行きそうなところに心当たりはないの」

「幾度も思案をめぐらせてみたのよ。でも、江戸に親戚があるとは聞いていないし、誰かと深くつき合うような人でもないし……」

弱りはてたふうに、お千恵がため息をつく。

得体が知れない、とお俊がいったのをおえんは思い出した。嫁ぎ先から出戻った女と浪人暮らしの男が所帯を持つのに、釣り書を要することもないだろうが、それにしても、久木磯太夫の身の回りは茫洋《ぼうよう》としすぎている。

お千恵がふいに立ち上がり、壁際《かべぎわ》へいった。簞笥《たんす》の上にあった柳行李《やなぎごうり》を抱えてくる。

おえんが二つの膳を脇へ寄せると、空いた場所にお千恵が柳行李を置いた。

「うちの人が、こっそり持ってた手回りの品。前の家にいたとき、わたしの目につかないように、押し入れの奥にしまってあったの」

「ああ、子供の玩具《おもちゃ》が入っていたのって、これ」

「何か手掛かりがないかと、昨夜《ゆうべ》もあらためてみたけど、たいしたものは入ってないわ」

お千恵が柳行李の蓋を取る。部屋が暗くて中身の見分けまではつかないが、いちばん上に書状らしきものが載せられているのが、ほのかな灯あかりに浮かび上がっている。おちえどの、と表書きされた文字を見て、おえんは思い当たった。磯太夫が残していった書き置きである。

「足掛け五年よ」

そういって、お千恵が書き置きに手を伸ばす。

「ひとつ屋根の下で寝起きを共にして、三度三度のおまんまを食べて、手習い所の子供たちにお師匠《しょ》さんと呼ばれて、楽しいときも苦しいときもあって、わたしたち夫婦にとってこの五年は、そういう年月だった。それでも、うちの人にどんな差し支えがあってここにいられないのか、わたしにはさっぱり思いつかない」

「お千恵さん……」

「小さなことでくよくよ思い悩みはしても、そのつど話してくれたし、わかり合えていると思ってた。だけどこたびは、お前なんか頼りにならないといわれたみたいで、情けなくなるわ」

目を伏せていたお千恵が、まぶたを持ち上げる。

「ねえ、おえんさん。夫婦って、いったい何なのかしらね」

おえんは、すぐには応えられなかった。どんな言葉を掛けたところで、お千恵には気休めにもならないだろう。

勝気そうな目許や、すっと伸びた鼻梁《びりょう》の脇に、濃い影が射していた。その表情が、ひどく憔悴《しょうすい》して見える。

年が明けて、お千恵を訪ねるのに幾らか間が空くようになっていた。もう少し早く顔を出せばよかったと、おえんは己れの至らなさを悔いた。このあいだのおたねの話しぶりから、お千恵なら持ち前の気丈さで乗り切っていけるだろうと、決めてかかっていたのだ。

お千恵は書き置きを膝に載せて、放心したように柳行李を見つめている。

「ねえ、中身を見せてもらっていいかしら」

おえんが訊ねると、浅く顎《あご》を引いてよこす。

おえんは柳行李を手前に寄せ、中に入っている玩具を取り出してみた。

双六《すごろく》、独楽《こま》、狐《きつね》の面、風ぐるま、うぐいす笛。いずれも素朴で、寺社の縁日などで売られていそうなものばかりだが、甥《おい》っ子を思う磯太夫の気持ちがこもっているようで、おえんはひとつひとつを感慨深く眺める。

玩具のほかには、難しそうな書物が何冊かと、矢立《やたて》や懐中鏡といった旅道具が収まっていた。きちんと畳まれた脚絆《きゃはん》を、なにぶんにも細やかな磯太夫らしいと思いながらめくったおえんの手が、ふと止まった。

どくん、と心ノ臓が脈打つ。

脚絆の下からのぞく兵児帯《へこおび》を、おえんは無造作に摑《つか》み上げる。

「何ゆえ、これがこんなところに」

「どうしたの」

お千恵がおえんを見る。

「友松の帯よ。花見のとき、これを締めてた」

手に摑んだ兵児帯を二度、三度と突き出すと、お千恵が困惑した顔になった。

「おえんさん、ちょっと落ち着いて。紺色の地に絞り柄の兵児帯なんて、どこにだってあるじゃないの」

「ここを見て」

兵児帯の端のところを、おえんは指差す。

「松葉文様の縫い取りがある。みんなと同じ帯は締めたくないと友松にいわれて、わたくしが図柄を刺したの。松葉と松葉が肩を寄せ合ってる、友松ならではの図柄なのよ」

兵児帯をじっと見ていたお千恵が、いぶかしそうな目をおえんに向ける。

「たしかに、縫い取りはあるけど……。でも、おかしいじゃない。どうして、うちの人が友松さんの帯を持っているの。そもそも、ここに越してくるまで、おえんさんに息子さんがいることすら、うちの人は知らなかったのよ」

お千恵がいうことも、しごく道理であった。

おえんは大きく息を吸い、時をかけて吐いた。これまでの経緯を、順を追って思い返そうとする。

お千恵も顎に手を当て、思案顔になっている。

外では風が出てきたとみえ、障子がかすかに音を立てていた。

行燈のあかりが小さくまたたいたとき、得体の知れないものの一片を目の端にとらえた気がして、おえんは土間を振り向いた。

「そういえば、あの日……」

おえんの声に呼応するように、お千恵が口を開く。

「引っ越しのとき、そう、そこの土間に立って、うちの人がおえんさんの離縁した因《わけ》を訊《き》こうとしたんじゃなかったっけ。ふだんは、あんなぶしつけな人ではないのに……」

「友松がいなくなった話もしたわ」

だが、それを聞いた磯太夫がどんな顔をしていたかを、おえんは思い出すことができない。

土間に漂う闇《やみ》が、先刻よりも深くなっている。

五

丈右衛門と辰平がおえんの家に顔を見せたのは、月が替わって五日ほどした夕暮れどきであった。

「すまねえな。縫い物をしてたんだろ」

戸口から遠慮がちに部屋をのぞき込んだ辰平に、

「構いませんよ。じきに切り上げようと思っていたんです」

おえんが胸の前で手を振ると、

「では、遠慮なく」

辰平を押しのけて、丈右衛門が土間に入ってくる。

ふたりを部屋へ上げると、

「ちょいと待ってね。ざっと片付けて、お茶を淹《い》れるわ」

おえんは長火鉢のまわりに散らばっている布地をまとめて風呂敷に包み、針箱を壁際へ寄せた。

　正直いって、この十日ばかりは針を手にしても、まるではかどらなかった。気がつくと、お千恵の家で見つけた兵児帯のことで頭がいっぱいになっている。

　書き置きにあった差し支えとは、友松が行方知れずになったことと関わりがあるのではないか。あれから、お千恵とそう話し合った。

　しかしながら、そのことを、おえんはほかの誰にも打ち明けていなかった。磯太夫の書き置きと、友松のものとおぼしき兵児帯だけでは、いずれにしても推量の域を出ない。

何にせよ、磯太夫がいてくれないと始まらないのだが、亭主を気遣うお千恵と、我が子を思うおえんとでは、気持ちにいささかの隔たりが生じるのも実のところであった。「こたびの失踪はよほど思い悩んだ末のことだろうし、時がきたら仔細を明かすと書き置きにあるわ。当人がもどってくるのを待ちたいの」とお千恵がいうのを聞けば、先のように似顔絵を持って訊ねまわるのもためらわれる。磯太夫を探し出して、真相を知るのが怖くもあった。

おえんは兵児帯を持ち帰りたかったが、当座の持ち主は磯太夫だと、お千恵は了簡しているようだった。兵児帯が柳行李にもどされるのを、おえんは何とももどかしい思いで見届けた。

長火鉢では、鉄瓶が白い湯気を吹き上げている。

おえんが茶を淹れるのを、丈右衛門と辰平は行儀よく膝を並べて待っていた。辰平は自分の家に寄らずにきたとみえ、貸本の荷をかたわらに置いている。

「ふたり揃《そろ》って訪ねてくるなんて、珍しいわね」

めいめいの前に、おえんは湯呑《ゆの》みを出しながら、

「長屋の木戸口で、ばったり行き会ったの？」

「とんでもねえ。番頭さんとは、こないだから芝のあたりでしょっちゅう顔を合わせ

てるよ」

辰平には、露月町《ろうげつちょう》にある佐和見屋の次男、昌次郎の人となりを調べてくれと頼んであった。だが。

「丈右衛門、お前、仲人口の裏を取りにいくようなことは真っ平だったんじゃないの」

「人手があったほうが、何かと好都合かと思い直しましてな」

取り澄ました顔で、丈右衛門がずずっと茶をすする。

やれやれと、おえんは肩を上下させた。

「それで、好都合なことがあったかえ」

「ございましたとも」

丈右衛門の目が、きらんと光った。

「おっと、番頭さん。まずはおれから話させてもらいますよ」

すかさず、辰平が口を開く。

貸本屋の辰平は、日本橋の南側と外神田一帯に得意先を抱えている。ふだんは他人の持ち場に立ち入ったりしないのだが、商いが早めに終わった日の帰りがけに、芝まで足を延ばしてみたという。

佐和見屋の五軒ほど先に手ごろな一膳飯屋を見つけて入ったところ、辰平を小上がりに通してくれた年増《としま》の女中が存外なお喋りであった。店が混み合う前で手持ち無沙汰《ぶさた》にしていたらしく、少々の酒と食事を注文した辰平が昌次郎のことを訊ねると、小上がりの框《かまち》に尻《しり》を載せて話し始めた。

「どうも、近所で昌次郎の評判はあまりよくねえ。十六のときには神明前《しんめいまえ》にある茶屋の茶汲《く》み女と、すったもんだした噂《うわさ》があるというんだ。まあ、二十五になったいまは、その女とも手が切れてるが、父親や兄さんと店先に立っていても、いつのまにかいなくなっているそうで」

辰平が顔をしかめ、丈右衛門が話しだす。

「手前が芝へ出向いたときは、折しも昌次郎が店から出てきたところでしてな。目を引くほどの男ぶりではないものの、柔和な顔つきをしておりまして、いわゆる女好きのする手合いでございました。それとなく後を尾《つ》けたのですが、往来の人混みをするとすり抜けていくので、あっという間に見失ってしまいまして……」

辰平と丈右衛門は、その後も幾度か芝に通ったが、昌次郎の人柄を摑むには今ひとつ決め手に欠けている気がして、おえんを訪ねられずにいたのだった。

わざとらしい咳払いをして、丈右衛門がおもむろに背筋を伸ばす。

「しかしながら本日、深川から舟に乗って大川にさしかかったところ、永代橋のほうから一艘《そう》の猪牙舟《ちょきぶね》が漕《こ》ぎ上がって参りましてな。ええ、芝まで歩くと少々ありますので、いつも舟を使っておりまして、はい。猪牙舟なんてのは、吉原へ繰り込むお大尽のためにあるようなものでございます。この昼日中から、どんな輩《やから》かと目を凝らしますと、これがまあ、昌次郎ではございませんか」

丈右衛門は、下流へ舳先《へさき》を向けかけている船頭に、急な用を思いついたので川を遡ってくれと指図した。

舟は上流へ向かって進みだしたが、昌次郎を乗せた猪牙舟はなにしろ速く、丈右衛門はぐんぐん引き離されていく。

「またもや見失うのではないかと冷や汗をかきましたが、両国橋をくぐった猪牙舟が、案に相違して神田川へ入っていきまして……」

丈右衛門の話を、辰平がもぎ取った。

「柳橋を渡っていると、べらぼうに揺れてる舟が目についてね。中に乗ってる人がやたらと腕を振り回してて、ひっくり返るんじゃねえかって橋の上からのぞき込んだら、それが番頭さんで……。おれに合図を送ってたんだ」

丈右衛門の手振りで、岸に着けた猪牙舟から昌次郎が下りたのに辰平が気づき、後を尾けた。

昌次郎は、河岸《かし》に沿って建ち並んでいる船宿の一軒に入ったという。

「ふうん、船宿に」

おえんがつぶやくと、丈右衛門がいささかいいにくそうに、

「その、船宿と申しましても、じっさいは出合茶屋みたいなものでしてな。有《あ》り体《てい》にいえば、男女が逢《あ》い引きするような場所でして」

「ま。それで、ふたりはどうしたの」

こんどは辰平が、もぞもぞと応える。

「番頭さんと、部屋に通してもらったよ」

おえんは口に手を当て、丈右衛門と辰平を交互に見やった。

片や大きな図体《ずうたい》をした商家の隠居、片やごく当たり前の貸本屋である。宿の者も困惑しただろうが、当のふたりも成り行きとはいえ、さぞやきもきしたに相違ない。

結句、昌次郎は、船宿で先に部屋へ上がっていた女と逢っていた。女の素性ははっきりしないが、それだけでおえんにはじゅうぶんであった。

昌次郎がたびたび店を抜け出してどこへ行っているかを、おそらく親も承知しているはずだ。医者には、縁談を首尾よく取りまとめてくれたら祝儀をはずむとでもいっ

てあるのだろう。

丈右衛門と辰平が、げんなりした表情で、湯呑みに残った茶を飲んでいる。

その顔を見ていたら、どういうわけかおえんに笑いがこみ上げてきた。これまで気に留めたこともなかったが、なかなか息の合った相棒ぶりではないか。

「まったく、笑いごとではございませんよ」

「番頭さんのいう通りだ。こたびばかりは参っちまった」

ふたりとも、恨めしそうにおえんを見る。

おえんは居住まいをあらためた。

「丈右衛門、辰平さん。おふたりのおかげで、大いに助かりました。この通り、お礼を申します」

辰平が小鼻をひくひくさせる。

「いやあ、それほどでも。おれが柳橋を渡っていて、何よりだったよ。通りかかっていなかったら、番頭さんひとりじゃどうにもならねえもんな。あのあたりを持ち場にしていてよかった」

丈右衛門も負けじと肩をそびやかす。

「とにもかくにも、手前が舟に乗っていたからこそ、昌次郎と出くわすことができたのでございます。加えて、その場に応じて機転を利かせたのが、ものをいいました」

「それにしても、厄介なことになったわねえ」

ふたりを横目に見て、おえんは長々と息を吐いた。

六

二日後、戸倉佳史郎から遣わされた笹太郎に伴われて、おえんはお俊の家に向かった。

「先生は、兄上さまのお屋敷に参上しておられます。一刻《とき》ばかりで帰るだろうから、頃合いをみておえんさまにいらしていただくようにと言い置いて、お出掛けになりました」

笹太郎が話すのを聞きながらお俊の家に着くと、折しも佳史郎が帰ってきたところであった。

茶の間にいたお俊が、客用の座布団《ざぶとん》を出してくれる。おえんが座布団に坐ると、ほどなく、着替えをすませた佳史郎が部屋に入ってきた。

「お呼び立てして、すみません。芽吹長屋へ参ろうとも思ったのですが、少しでも早くお話しするほうがよろしいかと」

おえんに声を掛けて、長火鉢の前に腰を下ろす。

「お気遣いいただいて、恐れ入ります」

おえんはわずかに頭を下げた。

「戸倉の兄が、急な用向きができて、しばらく奥州《おうしゅう》へ行っておりましてね。五日ほど前に、江戸へもどったそうで」

「あの、奥州と申しますと」

「国許が、そちらにあるのです」

「しごんならんというのは、奥州のお国言葉ですか」

佳史郎の鼻の脇に、皺《しわ》が寄った。

「すぐさま結びつけたくなるのも無理はありませんが、ひとまず手前の話を聞いていただけませんか」

「え、あら」

おえんの上体が、知らず知らず前のめりになっている。

「わたしは、仕事場にいるわね。何かあったら、呼んでもらえるかしら」

控えめに声を掛けて、お俊が茶の間を出ていった。

おえんは上体を起こして坐り直す。

佳史郎が、磯太夫のことを兄に聞き合わせると請け合ってくれたのは、先月の七日であった。それからひと月ほどのあいだに、いくらか仔細が異なってきている。磯太夫はお千恵の亭主というだけで、おえんにはいわば他人事《ひとごと》であったのが、柳行李に収められた兵児帯を目にしたのちは、まさに我が事となっていた。

「お訊ねの件ですが、久木磯太夫どのという御仁は、たしかに家中にいたそうです。ただし、いまは久木どのの弟御が当主となっておられます」

佳史郎が話を切り出した。

「ということは、久木さまは……」

「数年前に、弟御に家督をゆずって隠居なさったと。藩には身体虚弱につきと届け出たようですが、どうも心を病んでおられたらしい。隠居する前も、屋敷に引きこもって出仕もままならぬ時期があったのだとか」

「戸倉さまの兄上さまが、久木さまをご存知なのですか」

佳史郎が首を左右に振る。

「国許の学問所で久木どのと机を並べたことのある者が、勤番で江戸屋敷に詰めておりましてね。兄は、その者から話を聞いたのです」

「ああ、さようで」

「その、学問所の同輩によると、久木どのはすこぶる明るくほがらかな男で、成績もずば抜けていたそうですよ。出仕したのちは勤めも別で、城内でたまに顔を合わせるくらいだったようですがね。久木どのが勤めを休みがちになっていると別の者に聞いて、たいそう驚いたそうです」

おえんはいささか意外な心持ちがした。磯太夫が隠居するに至った経緯には、さもありなんと得心もいくが、かつては同輩の心に残るほど、快活な若者であったとは。それがどういう意味を持つのか、思案をめぐらせる。だが、おえんのそうした心の動きに、佳史郎は気づかないようだった。

「ところで、久木どののお国訛りですが」

いったん前置きしたのち、

「しごんならんというのは、江戸よりずっと西のほう、石州《せきしゅう》で使われる言葉です。当藩の殿さまは、もともとそのあたりを領地にしておられましたのでね。しかし、ご公儀に国替えを命じられて、奥州へ転封《てんぽう》となったんです」

「国替えを……。いつごろのことですか」

「ええと、二十年か、いま少し前ではなかったかと」

佳史郎が応えるのを聞いて、おえんは磯太夫の年齢と照らし合わせてみる。

「つまるところ、久木さまは石州で生まれ育ったのち、国替えにともなって奥州に移り、そこで隠居なさったと……。それから、江戸へ」

「まあ、そうなります」

「わたくしが藩名をうかがった折、話が入り組んでいるとおっしゃったのは、こういうことだったのでございますね」

佳史郎がうなずいた。

三つ子の魂百までともいうが、磯太夫には子供時分をすごした石州のお国訛りが身に沁《し》みついているとみえる。それにしても、生来のからりと明るい性分が、どこでどう変わったのだろうか。

「そうだ、うっかりしていました」

佳史郎が、思いついたように顔を上げた。着物の袂に手を入れて、小さな紙片を取り出す。四つに折り畳まれているのを広げながら、

「この商家が、久木どのの親戚です。石州に本店を構えていて、そこに書いてあるのは江戸店でしてね。藩の江戸屋敷にも、品を納めています」

紙片にある店の名に、おえんは目を見張った。

「例の学問所での同輩が、久木どのが叔母上の嫁ぎ先だといっていたのを聞いたことがあるそうで。とはいえ、久木どのと叔母上に、いまも行き来があるかは定かではありません。何でしたら、いま一度、兄に聞いてみますが……」

「それには及びません」

紙片に目を向けたまま、おえんはきっぱりといい切った。

七

紙問屋の津野屋は、間口およそ四間、とりたてて大店というほどではないものの、端然とした趣きの店構えであった。

「ごめんください」

丈右衛門を供に従えたおえんが土間に立つと、店座敷には二組ばかりの客がいて、それぞれ手代らしいのが幾種類かの紙を並べて、応対に当たっている。

「おいでなさいまし」

帳場格子《ごうし》の中にいた番頭が、腰をかがめて框へ出てきた。

「芽吹長屋から参りました、えんと申しますが」

「心得ております。お供の方も、どうぞお上がりください」

履き物を脱いだおえんたちは、内暖簾《うちのれん》をくぐり、磨き抜かれた廊下の先にある客間に通された。

「こちらでお待ちください」

番頭が横に並べてくれた座布団に、丈右衛門と腰を下ろして待っていると、じきに廊下の障子が開いて、人がふたり入ってくる。

「わざわざお運びいただき、恐れ入ります。津野屋卯八でございます。こちらは手前の母で、登美《とみ》と申します」

おえんたちの向かいに坐って、ふたりが頭を低くした。卯八は藤木屋与四兵衛と同い齢の四十九、商家の主人らしい柔らかな物腰で、登美のほうは七十手前といったところか、白髪をきちんと結い上げた姿が奥ゆかしい。

「えんでございます。隣におりますのは、丈右衛門と申します。あの、店先で少しばかり目にしましたが、紙は産地ごとに白さや風合いが異なるのですね」

おえんが口にしたのはおたねの受け売りだったが、卯八は目を細めた。

「ほう、よくご存じで。手前どもで扱っているのは、おもに石州で漉《す》かれた紙でございましてな。何より丈夫なのが身上で、上方の商家などではもっぱら帳面に用いられております」

失礼いたします、と部屋の外で声がした。障子が引き開けられ、盆を抱えた娘が入ってくる。すらりとした立ち姿が、おえんに水仙の花を連想させた。

おえんたちに茶を出した娘は、

「どうぞごゆっくり」

敷居際に手をついて一礼すると、部屋を下がっていった。

「ただいまのが、娘のお布由でございます。母親は、お布由が四つのときに、流行《はや》り病であの世へ旅立ちましてね」

お布由の出ていった障子に目をやった卯八が、おえんに向き直る。

「藤木屋の与四兵衛さんにうかがいましたが、佐和見屋さんのことで何やらお話があるとか」

「はい。わたくしも仲人のようなことをしておりますので、こちらさまのお役に立てればと存じまして……」

そうはいっても、勝手に動くわけにはいかないので、前もっておたねと与四兵衛を通じて、津野屋には断りを入れてあった。

「前段はそのくらいにして、お聞かせくださいな。佐和見屋の昌次郎さんは、どのようなお人柄なのですか」

慎ましやかにかしこまっていた登美がずばりと切り出して、いささか気恥ずかしそうな顔つきになる。

「嫁を亡くしたあと、お布由の母親代わりをして参りましたのでね。あの子は孫でもあり、娘のようでもあって、どんなお婿さんがきてくれるのか、気になって仕方がないんですの」

ふんわりと微笑《ほほえ》む登美に、おえんの胸がちくりとした。

「ええと、それが、その……」

「僭越《せんえつ》ながら、手前が申し上げます」

口ごもったおえんに代わって、丈右衛門が話の舵《かじ》を取る。

丈右衛門はおえんとの間柄を手短に語ってから本題に入った。

話の内容が内容だけに、おえんにはとても口にする度胸がなかったし、いずれにしろ気の重い役回りなのもあって、丈右衛門に同道してもらったのだった。

丈右衛門は終始、淡々とした調子で、きわどいところはやんわりとぼかし、しかし要所はしっかりと押さえた話しぶりであった。

穏やかな佇《たたず》まいで耳を傾けていた卯八と登美が、話が進むにつれて顔をしかめ、険しい表情になっていく。

「と、そういうわけでして、手前どもといたしましては、お布由さんの婿にふさわしいとはいいかねる次第でございます」

丈右衛門が話を締めくくったあと、卯八も登美も、しばらくは固い表情を崩さなかった。

しばし、部屋に沈黙が漂う。

おえんはおずおずと口を開いた。

「いまの話を、信じていただくか否《いな》かはお任せいたします。もっとよい知らせを、お届けしたかったのですが……。そのうえ、佐和見屋さんとの縁談をお勧めになった方の邪魔立てをするようなかたちになり、何と申せばよいやら」

腕組みをして宙を睨《にら》んでいた卯八が、ややあって両手を膝にもどした。

「手前は、信じますよ。ほかならぬ与四兵衛さんが、太鼓判を押してつないでくれたのがおえんさんだ。おっ母さんは、どう思われますか」

「そうねえ。ここぞという場まで押さえられたのではねえ」

頬に手をやった登美が、おえんに顔を向ける。

「おえんさん、そう気になさらないでくださいな。世の中には良縁もあれば、悪縁もある。あなたがご縁の糸を吟味してくだすったおかげで、お布由は悪縁と結ばれなくてすむのです」

おえんに話しかけながら、自分にもいい聞かせるような口調だった。

「そうおっしゃっていただけると、こちらも救われます」

おえんが頭を低くし、丈右衛門もそれに倣った。

家のどこかにお布由がいるのだろうが、部屋にはかすかな物音も届いてこない。

おえんは深く息を吸い込み、顔を上げる。

「あの、まるきり別のことなのですが、ひとつお訊ねしてもよろしゅうございますか」

話が一段落ついて茶を飲んでいた卯八が、湯呑みから口を離す。

「どうぞ」

「こちらさまは、久木磯太夫さまのご親戚とうかがったのですが……」

「ええ、そうですよ。磯太夫は、甥です。私の姉が、実家は商家だったのですけど、縁を得て久木家に嫁ぎましたので」

応じたのは卯八ではなく、登美だった。

戸倉佳史郎に差し出された紙に書かれていたのが、奇《く》しくも津野屋だったのである。

偶然にしては出来すぎという気もしたが、ひょっとしたら、磯太夫が身を寄せているのではないかとおえんは思った。

「久木さまは、わたくしの友人のご亭主でして」

「ああ、江戸で妻帯したのは存じております。たしか、お千恵さんとか……。おえんさんのお友だちだったのですね」

「娘時分に、同じ師匠の許へお針の稽古《けいこ》に通っておりまして……。それはそうと、久木さまが年の瀬に家を出てしまわれて、どこにおいでなのかわからないのです。こちらさまでしたら、何かご存知かと思いまして」

登美と卯八が、顔を見合わせる。

いくらか間があって、登美の口が開いた。

「磯太夫が、ゆえあってお勤めを退き、江戸へ出てきたのは、六年ばかり前になりますかしら。それからは、年に一度、年始の挨拶にくるようになりましてね。所帯を持ったのも、いつかの折に聞きましたが、ここには磯太夫きりで参っておりました」

そこまで話して、登美がはたと首をかしげる。

「いわれてみれば、今年はまだ顔を見ておりませんね」

「こちらのほかに、久木さまのご親戚はございませんか」

「江戸で磯太夫の身寄りというと、私どものほかにはありませんでしょうね。その、お千恵さんのほうのご縁者は別として」

「そうですか」

おえんはいささか落胆した。

頃合いを見計らったように、夕七ツの鐘がこだまし始める。

何かあれば知らせてもらえるように頼んで、おえんと丈右衛門は津野屋を辞した。

「いやはや、佐和見屋のことにしろ、久木さまのことにしろ、一筋縄では参りませんなあ」

おえんと並んで歩きながら、丈右衛門が手を肩にやって揉《も》んでいる。

「お前が従いてきてくれて、助かったわ。わたくしでは、佐和見屋のことをあんなふうに話せないもの」

「それにしても、久木さまは一体どこにおいでなのやら。行方が摑めないのでは、兵児帯のことも訊けませんし」

津野屋を訪ねるにあたって、おえんはお千恵の家で見た兵児帯のことを、丈右衛門には打ち明けておいた。

陽射しはあるが、風が強かった。軒を連ねている商家の日除《ひよ》け暖簾がばたばたと音を立て、通りには土埃《つちぼこり》が舞っている。

亀島川《かめじまがわ》へ架かる橋を、物乞《ものご》いとおぼしき男が渡ってきた。うつむき加減に背を丸め、とぼとぼと歩いてくる。粗末な着物を身にまとい、頭は月代《さかやき》の毛も伸びてぼさぼさになっている。

おえんたちとの間が二間ばかりになると、何ともいえない異臭が押し寄せてきた。

「や、どうにも臭《にお》いが……。お嬢さん、いま少し通りの端へ参りましょう」

声を低くして、丈右衛門がさりげなく袂で鼻を覆《おお》う。

物乞いとすれ違ったとき、その藍《あい》色の褪《さ》めた着物に、おえんは見覚えがあるような気がした。

恐る恐る、声を掛ける。

「あの……。もしや、久木磯太夫さまではございませんか」

三歩ほど進んだ物乞いが、歩みを止めて振り返る。鼻先まで垂れ落ちている前髪が風に流れて、虚《うつ》ろな目がのぞく。

「お、おえんさん」

かすれた声が物乞いの口から洩れ、目が大きく見開かれた。

「久木さま……、まことに、久木さまなのですね」

と、次の刹那《せつな》、何を思ったか磯太夫は身をひるがえして駆けだした。

とっさのことで、丈右衛門も足が前に出ない。

「いつまで逃げるのですかッ」

我知らず、おえんは声を飛ばした。

ひゅうっと、風が巻く。

矢に射抜かれたように、磯太夫の動きが止まった。

土埃が吹きつけている後ろ姿に歩み寄り、おえんは静かに語りかける。

「逃げて、己れを赦《ゆる》すことができるのですか」

久木磯太夫が、くずおれるようにして地に膝をついた。

八

今しがた見送ったばかりのおえんが引き返してきたのを見て、津野屋では卯八と登美が怪訝《けげん》な顔をしたが、おえんに事情を聞き、その後ろから丈右衛門に腕をとられた磯太夫があらわれると、ただちに先ほどの客間へ通してくれた。

ほどなく、津野屋の手代が通りに飛び出していく。

磯太夫が湯屋で身なりをこざっぱりさせてくるのと前後して、手代が深川の松井屋にいるお千恵を連れてきた。津野屋が磯太夫にゆかりがあることも、今日、おえんがそこを訪ねていることも、お千恵は手代から初めて聞かされたのである。

部屋に入ってきたお千恵は、袖《そで》を襷掛けにしたままで、息を弾ませていた。

磯太夫は、おえんたちの横に坐ってうなだれている。

「お前さま……」

家を出たときからひと回りもふた回りも細くなった亭主の姿に、お千恵は敷居際で立ち尽くしたが、表情を引き締めると、おえんたちをまわり込んで磯太夫の隣に膝を折り、向かいにいる登美に手をついた。卯八は気を遣って、席を外している。

「千恵と申します。こたびは、夫が厄介をかけまして……」

「何もかも、わしが悪いのだ」

磯太夫が、お千恵をさえぎった。ふところに手を入れ、一通の書状を取り出す。

「一切の顚末《てんまつ》が、したためてある。これを叔母上に託してけじめをつけようと、肚《はら》を決めておった」

書状を握りしめる手が、ぶるぶるとふるえていた。

「磯太夫、どういうことですか」

登美が眉をひそめる。

縁側に面した障子が、にわかに陰った。

書状を前に置いて、磯太夫が着物の膝を摑む。

「わしは、おえんさんの友松どのをかどわかした。土手のふもとで泣いていた友松どのに、おっ母さんのところに行こうと声を掛けて、藩の下屋敷に連れ込んだ」

振り絞るような声だった。

ざあっと、おえんは全身の血が逆巻く音を耳にした。

「お前さま、何ゆえそのような」

お千恵が声をわななかせる。

「国許に、幼い子を亡くして、奥方が半ば気が触れたようになってしもうた家があっての。その家に、久木家はひとかたならぬ恩がある。江戸へ出る用を申し付けられた折、ついでに男児をひとりさらってこいと囁《ささや》かれたら、断ることはできなんだ」

ひとことずつ嚙みしめるように、磯太夫が応じる。

「正真正銘、友松坊っちゃんなのですか。何をもって、友松坊っちゃんと」

言葉を失《な》くしているおえんの脇から、丈右衛門が訊ねた。

「松井屋の友松と、当人がそう名乗った。身に着けていたはずの迷子札が、土手を転げ落ちたあと、見当たらないといって……」

磯太夫が少しばかり考え込んで、

「背中に、黒子《ほくろ》がある。貝殻骨の際に、二つ、三つ。それと、これは国許に着いてから話してくれたのだが、鮑《あわび》は食べぬそうだ。口にして、ひどい目に遭ったことがあると」

「……」

「一度、蛙《かえる》を捕まえてやったら、悲鳴を上げて逃げてしもうた。男の子なら好きだと思ったのだが……。その代わり、菫《すみれ》やら撫子《なでしこ》やら、花の名をたいそう知っておる」

「と、友松は……」

おえんは両手で顔を覆う。

「友松は、生きているのですね」

波立っている肩口を、丈右衛門が支えてくれた。

登美も、絶句している。

瀬戸物町に帰ってくると、あたりはすっかり暗くなっていた。

芽吹長屋の木戸口まできて、おえんは歩みを止める。

「丈右衛門、ありがとう。ここでいいわ」

「お嬢さん、まことによろしいので」

津野屋が貸してくれた提灯《ちょうちん》のあかりが、丈右衛門の案じ顔を照らし出している。丈右衛門は、女房と住まっている自分の家に泊まるよう勧めてくれたのだが、おえんはいろいろと考えたいこともあるし、長屋に帰ると応じたのだった。

「平気ですよ。お前も、気をつけてお帰り」

おえんが木戸をくぐろうとしたとき、

「あれ、番頭さんじゃねえか。おえんさんも」

振り向くと、辰平が立っていた。首に手拭《てぬぐ》いを垂らして、胸許からほんのりと湯気が上がっている。湯屋の帰りらしい。

「おお、ちょうどよいところに。お嬢さんを頼みます」

丈右衛門が腰をかがめた。

「へ。おい、番頭さん」

辰平が首をめぐらせるが、提灯のあかりは路地を遠ざかっていく。

おえんを家の前まで送ってきて、辰平が小さく息をついた。

「何かあったのかい。番頭さんもおえんさんも、なんだかいつもと違うみてえだ」

気遣うような、いたわるような声音であった。

頭上では風が鳴っている。

「何も」

おえんは首を振った。

「おやすみなさい」

家に入って、腰高障子を閉める。

部屋は冷え冷えとしていた。框を上がったおえんは、行燈に灯をともす気力もなく、暗がりにへたり込んだ。

西隣では、おさき夫婦や伜《せがれ》の声と、物音が響いている。

ひとりぼっち、とおえんは思う。咽喉の奥がひりひりした。

さっきは、思わず辰平の胸にすがりそうになった。だが、頭の中がぐちゃぐちゃのままでは己れが何を口にするか心許ないし、辰平を戸惑わせるきりだ。

青白く浮かび上がっている縁側の障子を、おえんは身じろぎもせず見つめる。

友松も、この夜のどこかでひとり、寄る辺なさと向き合っているに違いないのだ。

おさきの家から、あたたかな笑い声が聞こえてくる。

おえんは、ひとりを心で抱きしめた。

日照雨

一

長火鉢に掛かった鉄瓶が、低く鳴っている。

「お嬢さん、湯が沸いております」

丈右衛門の声で、おえんは我に返った。

鉄瓶を持ち上げ、茶の支度をする。

「すまないね、ぼうっとして」

ふたつの湯呑《ゆの》みに茶を注ぎ分けて、

「何をしていても、友松のことばかり頭に浮かんで」

ひとつを猫板の奥に置くと、長火鉢の向こうに坐《すわ》っている丈右衛門が、

「それはそうでしょうとも」

押し頂くようにして、湯呑みを口許《くちもと》へ持っていく。

十一年前、花見に行った隅田堤で行方知れずとなった友松は、大川に落ちて流されたのでも、神隠しに遭ったのでもなかった。奥州《おうしゅう》のとある大名家に仕えていた久木磯

太夫にかどわかされて、国許へ連れ去られたのである。

磯太夫の口からそうした経緯が明かされたのが、三日前のこと。丈右衛門は一昨日、昨日と芽吹長屋を訪ねてきたが、おえんは気持ちの整理がつかず、戸口で少々のやりとりをするだけで帰ってもらっていた。

丈右衛門が湯呑みを口から離し、ゆるゆると首を振る。

「しかし、このようなめぐり合わせがあろうとは。久木さまとお千恵さんも、何も手に付かずにいなさることでしょうな」

「お前、どちらの味方なのかえ」

おえんの手にした湯呑みが、猫板の上で音を立てた。

「味方といいますと」

丈右衛門が、いぶかしそうな顔をする。

「わたくしが、どれだけ辛《つら》い心持ちを味わったと思ってるの。友松だって、うんと怖《おそ》ろしく、心細かったに相違ない」

「お嬢さん……」

「こんなにむごい話があるもんですか。どうにも堪忍《かんにん》ならないわ」

湯呑みを摑《つか》む手に、ぐっと力が入る。

「思い返すのも、いまいましい。久木さまは、この部屋の隣で寝起きしていたのよ。壁一枚を隔てて、友松をかどわかした張本人が息をしていたなんて、背筋がぞっとする」

「そうは申しましても、あの時分はまだ、久木さまはお嬢さんが友松坊っちゃんのおっ母《か》さんだとご存知なかったのですし……」

「そんなの、言い訳にもならないわ。久木さまはいつだって、我が身を守ることよりほか頭にないのよ。お千恵さんが松井屋に奉公し始めるときも、よくも平気な顔をしてお店の家作に住めたものだこと」

気持ちの高ぶりとともに、頭がきりきりと締めつけられるようだった。

「お気持ちはお察しいたします。ですが、久木さまとお千恵さんにも、いろいろと事情がおありでございましょう。なるたけ近いうちに、あちらさまと向後《こうご》のことを話し合うのがよろしいかと存じます。げんに、お千恵さんは松井屋に奉公なさっておられますし」

「どうして、そんなに取り澄ましていられるの」

おえんの湯呑みが、さっきより硬い音を立てる。

「結局のところ、丈右衛門には他人事《ひとごと》なのよ。お腹《なか》を痛めて子を産んだ母親の気持ちが、そう易々《やすやす》とわかるはずがないんだわ」

丈右衛門の表情がゆがむのを見て、いいすぎたのをおえんは察した。

だが、素直に詫《わ》びる心持ちにはなれない。

丈右衛門が、時をかけて茶を飲んだ。おえんが注ぎ足そうとすると、手で柔らかく制して、みずから長火鉢の鉄瓶を持ち上げる。

大きな身体《からだ》をしているが、おえんの実家、丸屋で長らく番頭を務めていた丈右衛門は、茶を淹れるのがうまい。ゆったりとした手つきで、おえんと自分の湯呑みに茶を注ぐ。

ひと口ふくんだおえんの舌に、爽《さわ》やかな甘みがゆき渡った。

「先だってお頼みした仕立て直しは、はかどっておられますか」

「仕立て直し……。ああ、桃の節句の」

おえんは壁際《かべぎわ》へ目をやった。針箱の横に、内職の仕立物が入った風呂敷《ふろしき》包みが置いてある。いま預かっているのは、母親が着ていたものを娘のために仕立て直してほしいという注文であった。桃の節句に着せたいと聞いている。

「あとは袖《そで》を付ければ仕上がるのだけど……。なかなか、針を持つ気になれなくて」

丈右衛門はうなずき返すと、

「内職とはいえ、お客さまの信用が肝心です。桃の節句まではまだ二十日ほどありますが、いくらか早めに品を納めませんと。こうしたときに無理を申し上げるのは手前も心苦しゅうございますが、期日はきちんと守ってください。お客さまも、心待ちにしておられます」

おえんは湯呑みに目を落とした。丈右衛門のいうことは、いたってまともであった。

「わかりました。二、三日中に、きっと仕上げます。それと」

いいさして、居住まいを正す。

「ちょっと、いいすぎました。許しておくれ」

丈右衛門の顔に、穏やかな笑みが浮かんだ。

「過ぎ去ったことを、水に流せと申しているのではございません。しかし、時を遡《さかのぼ》って、昔に帰ることはできませんのでな」

ひと言ずつ、嚙《か》みしめるような口調だった。

おえんはいま一度、湯呑みを口へ運ぶ。

友松と離れて過ごした歳月を、どうやっても取りもどせないとしたら、この先、己れには何ができるだろう。

二

三日後、おえんは仕上がった仕立物を深川清住町にある丈右衛門の住まいに届け、その足で佐賀町の松井屋へまわった。

「文治郎さんに、折り入って話があるのだけど……」

台所にいた女中のおはるに声を掛け、主人の居間に通してもらうと、やがて廊下に足音がして文治郎が入ってくる。

「私を名指しして訪ねてくるとは、珍しいこともあるものだな」

「すみません、ずうずうしく上がり込んで……」

「それで、話というのは」

向かいに膝《ひざ》を折った文治郎は、前に置かれている湯呑みではなく、かたわらにある煙草盆《たばこぼん》に手を伸ばす。

おえんの話をしまいまで聞き終えても、文治郎は煙管《きせる》に口をつけたままだった。

「裏の家作へ越してきた折にいちど挨拶《あいさつ》に見えたが、よもや、あの久木さまが……」

しばらくしてそういったきり、顔をしかめている。

「あの、お千恵さんから、何も聞いておられませんか」

「とくだん、それらしいことは……。どう打ち明けたものか、向こうも考えあぐねているのではないかな」

文治郎が、いま一度、煙管をくわえて、

「とはいえ、こちらも取り込んでいたのだ。おっ母さんが寝込んだのでね」

「大《おお》お内儀《かみ》さまが……。どうなさったのですか」

「少し前から咽喉《のど》が痛いといって咳《せき》をしていたのが、いきなり高い熱を出してね。医者に診せたところ、どうも風邪をこじらせかけたようだ。いまは薬が効いて、熱も下がっているが、ここ五日ほどはそんなこともあって、女中たちはてんてこ舞いだったのだよ」

「まあ、そうだったんですか」

いわれてみると、おはるも心なしか疲れた顔をしていた気がする。

「お千恵さんは、ふだんと変わりなく、てきぱきとおっ母さんの世話にあたっていた。なにしろ、医者の娘だからな。おっ母さんの掛かりつけは別の先生だが、病人の介添えをするにしろ、薬を煎《せん》じるにしろ、手際がいいので感心していなさった」

「……」

「あの働きぶりを見ていると、お前が話すようなごたごたがあったとは、とても思えない」

そういって、文治郎が口から煙を吐く。

どことなくお千恵の肩を持つような口ぶりに、おえんは胸がもやもやした。

「大お内儀さまを見舞うことはできますか」

「いや、よしておいたほうがいい」

文治郎は煙管をわずかに突き出して、

「事がこうなったからには、いちど久木さまとじっくり話し合わないとな。ともかく、お千恵さんには、奉公を続けてもらわないと困る」

「久木さまが、友松をかどわかした当人であってもですか」

「それとこれとは、話が別だ」

きっぱりといい切った文治郎の顔を、おえんはまじまじと眺めた。

四十二になった男の目許や口許には、おえんが女房であった時分にはなかった皺《しわ》が刻まれ、頰や顎《あご》のあたりには肉がついて、輪郭も弛《ゆる》んできている。そうはいっても、もとは芝居の世話物から抜け出してきたような役者顔で、お俊の亭主、戸倉佳史郎とはまた違った男ぶりに、往時を彷彿《ほうふつ》とさせる涼やかな色気が漂っていた。

「どうした。父親のくせに薄情な、とでもいいたそうな顔つきだな」

「だって、あんまり割り切っておいでなんですもの」

つい、本音がこぼれる。友松の身の上を聞かされた文治郎が、取り乱した表情を浮かべるとか、涙のひとつも流すのではないかと思っていたおえんは、少しばかり肩透かしをくらった心持ちがしたのだった。

文治郎が煙管に手を添えて、灰吹きに灰を落とす。

「正直なところ、半ば信じ、半ば疑っている」

「はあ」

「思い返してもみろ。笹太郎とかいう男の背中に黒子《ほくろ》があるのを目にしただけで、お前もおっ母さんも、ころっと騙《だま》されたんだぞ」

「そ、それはそうかもしれませんが、久木さまはわたくしが何もいわなくても、黒子や鮑《あわび》のことを口になすったんですよ。蛙《かえる》にお花のことだって」

「あれから一年もしないうちに、また同じような話だ。それまでの十年、まるで行方が摑めなかったというのに」

「そんな……。そうだ、花見に行ったときの兵児帯《へこおび》があるんです。お千恵さんを呼んで、持ってきてもらえば」

立ち上がって襖《ふすま》に向かおうとするおえんを、文治郎が身振りで制する。

「そう、かっかするな。はなから偽りと決めて掛かっているのではない。だがお前、いまの友松が何と名乗っているか、知っているのか」

はたと足を止め、おえんは文治郎を振り返った。

「そうしたこともひっくるめて、久木さまと話し合わないと何も始まらぬ。いいたいのは、そういうことだ」

文治郎のいう通りだった。おえんは元の位置に坐り直す。

「いきなり家に押しかけては、いかにもぶしつけだ。お前とお千恵さんで、話し合いの日取りを決めてくれるか」

おえんが承知すると、文治郎が腕組みになる。

「当分のあいだ、このことはおっ母さんに黙っていたほうがいいだろうな」

「わたくしも、そう思います」

「要は気持ちだと、医者もおっしゃった。齢《とし》が齢だし、それなりに、がたもきているが、胃腸や心臓なんかはほかの年寄りに比べて丈夫なくらいだそうだ。人の身体は不思議なもので、気持ちが弱っていると調子も崩れるし、ちょっとした風邪をこじらせたりするんだとか」

「病は気からと、昔から申しますもの」

どちらともなくため息をついたのをしおに、おえんは腰を上げた。

台所で水仕事をしていたおはるに辞去することを告げ、履き物に足を入れる。

「あ、あの、おえんさん」

遠慮がちに呼びかけられて振り返ると、いつのまにかお千恵がいた。立っている場所がうす暗く、表情はよく見えないが、帯の前で組まれた両手の、右が上になったり左が上になったりしている。

「ごめんなさい、またこんど」

いましがた文治郎にああ応《こた》えたばかりなのに、おえんは腰をかがめると、お千恵の視線から逃れるように戸口へ向かった。

三

どうしてあんなふうに振る舞ったのか、自分でも見当がつかなかった。

頭ではわかっているのに、口と身体がとっさに反応したとしかいいようがない。

おえんが思い直してふたたび松井屋を訪ねるには、それでも十日ばかりの時を要した。

春の彼岸も過ぎたのに、暖かくなる気配がなく、しばらくぐずついた曇天が続いている。

「あ、おえんさま。おいでなさいまし」

井戸端にしゃがんでいたおはるが、洗い物の手を止めて腰を上げる。

「おたねは、手が空いているかしら」

「いま時分は、女中部屋においでかと。どうぞ、そのままお上がりください」

おはるに礼をいって、おえんは勝手口をくぐった。履き物を脱いで、框《かまち》に上がる。

台所の脇《わき》にある女中部屋をのぞくと、

「これはおえんさま……」

六畳間の中ほどに坐っているおたねが顔を上げた。

「身の回りの品を整理しているのでございます。使い古した物は処分し、まだ新しい手拭《てぬぐ》いなどは、おはるたちに譲ろうかと」

おたねの前には、蓋《ふた》の開いた柳行李《やなぎごうり》が二つ三つ、並んでいる。

「藤木屋さんとの祝言《しゅうげん》まで、あと十日もないものね。ちょいと、入らせてもらいますよ」

おえんは敷居をまたいで、おたねの向かいに膝を折った。

「おえんさま、このような狭いところに……」

ひどく恐縮した顔つきで、おたねが柳行李を脇へ寄せる。

「狭いものですか。わたくしの長屋よりも、ゆったりしていますよ」

いいながら、おえんは携えてきた風呂敷包みを前に置く。

「これを、おたねに」

風呂敷には畳紙《たとうがみ》が包まれており、それを広げると純白の長襦袢《ながじゅばん》があらわれた。おえんが心をこめて縫い上げたものだ。

「まあ」

小さくつぶやき、おたねが両手で口許を覆《おお》う。

「先だって津野屋さんに持ち込まれた縁談がうまく運べば、なによりのご祝儀になったのだけど、思うようにいかなくてね。受け取ってもらえるかえ」

「わたしなどには、もったいのうございます。何とお礼を申し上げたらよいやら……。祝言の折に、身に着けさせていただきます」

おたねが坐り直し、畳に手をついた。

「支度は、滞りなく進んでいるかえ」

「おかげさまで……。与四兵衛さまもわたしも若くはありませんし、こぢんまりとした宴になりそうですが」

「わたくしはうかがえないけれど、おふたりの門出を陰ながらお祝いしていますよ」

おえんの周りでは、文治郎と丈右衛門が祝言に招かれている。文治郎は、おたねが奉公していた店の主人として出るのだが、別れた女房が同座するわけにもいかず、おえんは列席するのを遠慮したのだった。

「鎌倉のおっ母さんも、さぞお喜びになっているでしょうね」

「母が生きているうちに、どうにか親孝行できそうです。あいにく、足腰が弱っていて鎌倉から出てくるのは難しいのですが、姉夫婦が参列してくれると」

応じる合間にも、おたねは「もったいない」と「おかげさまで」という言葉を繰り返す。

いま一度、頭を下げてから畳紙をたたんだおたねが、いくらかいいにくそうに口を開く。

「あの、おえんさま。立ち入ったことを訊《たず》ねるようでございますが、お千恵さんと仲《なか》違《たが》いでもなさったのですか」

「どうして、それを」

「このところ、お千恵さんの表情が、何となく冴《さ》えないようでしてね。わけを訊《き》くと、おえんさまに取り返しのつかないことをしてしまったと……。ですが、それよりほかのことは、話してくれませんでして」

そういって、おたねが顔を曇らせる。

おえんはわずかに返答に詰まった。おたねはお千恵の亭主が少々いわくつきであることを心得ているものの、どんな仔細《しさい》を抱えているかは聞かされていないのだ。

当初はおえんも、祝言を間近に控えたおたねに余計な心配をさせまいと黙っていたのだが、思いがけず大名家の内情まで絡《から》んできたいまとなっては、おいそれと口外はできない。

とはいえ、おたねがお千恵の話を持ち出してくれたのは、まさに渡りに舟であった。

「今日、ここを訪ねたのは、おたねにお祝いを渡すことのほかに、お千恵さんとも話がしたかったからなの。すまないけれど、お千恵さんが抜けられるようだったら……」

おえんが言葉を選びながらいうと、

「かしこまりました。すぐに呼んで参りますから、おえんさまはお千恵さんの家のほうへおいでになってください」

快く請け合って、おたねが腰を上げた。

松井屋の裏手に出たおえんが、いわれた通りに待っていると、ほどなくお千恵が路地に入ってくる。

「おえんさん……」

二間ばかり先に立ちすくんでいるお千恵の顔が、いくぶん痩《や》せたようだった。もともと輪郭がほっそりしていることもあり、おたねはさして気に留めなかったのかもしれないが、おえんには津野屋で顔を合わせたときよりも頰の肉が落ち、顎の先も尖《とが》って見える。

家の前で待つあいだ、おえんはどんな顔をしてお千恵に会えばよいのかわからなかったが、

「苦しんでいるのは、わたくしだけではないのね」

知らず知らずのうちに二、三歩前へ出て、お千恵の手を取っていた。

言葉にならない思いが涙となって、ふたりの頰を伝い落ちていく。

おえんを部屋に上げると、お千恵は簞笥《たんす》の上にある柳行李を抱えてきた。

その柳行李には、おえんも見覚えがある。

「おえんさんにお返しするようにと、うちの人が」

蓋を外したお千恵が、中から兵児帯を取り出しておえんの前に置く。

紺色の地に絞り柄の、どこでも見かけるような兵児帯だが、端のほうに入っている松葉文様の縫い取りは、おえんが友松にせがまれて刺したものだった。

おえんは兵児帯を拾い上げ、きつく胸に押し当てた。この帯を締めて、友松は花見をしたのである。かつての面影がまぶたによみがえるが、我が子の温《ぬく》もりは、ここにはない。

「本来なら、当人がきちんと詫びてお返しするのが筋なのでしょうけど……」

お千恵にいわれて、部屋を見まわす。

「久木さまは、どちらに」

「わたしが家にいないあいだは、津野屋の、登美叔母さまのところへ行ってもらっているの」

お千恵がうつむく。

「おえんさんに友松さんのことを打ち明けたあと、どうにも心持ちがぐらぐらしているみたいでね。このうえは自分が腹を切らぬと申し訳が立たないと口走ったり、いきなり夜中に飛び起きて、友松さんが江戸から連れ去られてきた子だと知った藩が、口封じのために討手《うちて》を差し向けてくるといい出したり……。ひとりにしておくのが、何となく心許なくて」

「まあ、そんなことに」

おえんが眉根《まゆね》を寄せると、お千恵が顔を上げた。

「許してほしくて、こんなことをいっているのではないのよ。どれほど頭を下げたところで、うちの人の犯した罪は消えないもの。だけど、わたしにとっては、かけがえのない亭主なの」

「お千恵さん……」

「とにかく、うちの人には、生きて罪を償ってもらいたいと思ってる。この先、それを支えていくのが、わたしの拠《よ》り所なの」

お千恵の気持ちも、わからないではなかった。

だが、おえんはどうしてもいわずにはいられない。

「罪を償うとたやすく口になさるけど、どうやって償ってくださるの」

「それは……」

お千恵が言葉に詰まる。

しばらくのあいだ、どちらも口を開かなかった。

「あいすみません。松井屋さんでうかがったのですが、こちらにお千恵さんはおいでになりますか」

表のほうで声がしている。

「誰かしら。おえんさん、ちょいと待ってて」

お千恵が腰を上げ、戸口へ出ていく。

外にいるのは、若い男のようだった。お千恵と言葉を交わしているのがおえんの耳に届いてくるが、何を話しているのかは聞き取れない。

ふいに声が途切れ、静かになったと思ったら、

「何ですって」

だしぬけに、お千恵の声が裏返った。

おえんが振り向くと、お千恵が框を上がってくる。手に、書状らしきものを摑んでいた。

「おえんさん、どうしよう。うちの人が、また……」

お千恵はおえんの向かいに膝をつき、わずかに思案する顔になる。何をどう話せばよいか、頭で組み立てているようだ。

「津野屋から遣いがあって、これを」

お千恵は手にした書状を見せると、

「うちの人が津野屋で書いて、深川へ届けてくれと頼んだそうで……」

戸口でざっと目を通したといって、中身をかいつまんで話し始める。

久木磯太夫は、六年前に江戸へ出て以来、奥州の国許とは音信を絶っている。うかつに便りを出したりして江戸での居場所が藩に知られると、己れの命が危ういと了簡《りょうけん》しているゆえだ。

しかし、いまの友松がいかなる境遇にあるかをおえんに知らせるのが己れの務めと心得て、紙問屋の津野屋を通じて問い合わせることを思いついた。津野屋は石州浜田に本店があり、江戸に出店を置いているが、御用達を申し付けられている殿さまが転封となった折に、奥州棚倉《たなぐら》にも出店を構えている。

江戸から棚倉へは、男の足でもおよそ十日かかる。南新堀町にある江戸店を二月半ばに発《た》った手代が、棚倉店の返事を携えてもどってくるのは、早くても桃の節句あたりと磯太夫は見込んでいたが、本日昼すぎ、手代とは入れ違いに棚倉店の番頭が商用で江戸店に顔を見せた。

そこで磯太夫も同席して、登美がくだんの件を番頭に訊ねたところ、意外な応えが返ってきたのである。

「おえんさん、ここを読んでみて」

広げた書状を指差しながら、お千恵が渡してよこす。

前《さき》の国家老、小佐田図書《おさだずしょ》さま御次男、勇之進《ゆうのしん》こと友松どのは、小姓として殿さまにお仕えし、参勤交代にお供して出府しておられる。

そう書かれた文面を、おえんは二度、目でなぞった。

「友松が、この江戸に」

顔を上げたおえんに、お千恵が硬い表情でうなずく。

「それにしても、なにゆえ久木さまは書状なんて……。長屋にもどって、じかにお千恵さんに伝えればいいことじゃないの」

おえんが眉をひそめると、

「それが、書状をしたためたあと、行き先も告げずに津野屋を出ていったそうで……」

それまで辛うじて平らかに保たれていたお千恵の声が、甚だしく波打った。

四

戸倉佳史郎とお俊が芽吹長屋に顔を見せたのは、翌朝の四ツをまわった頃である。

「あら、どうしたの。おふたり揃《そろ》って」

おえんが腰高障子を引き開けると、佳史郎とお俊は目を見交わして、

「おえんさんに、ちょっと話があって……」

お俊のほうが口を開く。

「立ち話も何ですから、どうぞ上がってくださいな」

おえんは框を上がりながら、ふたりがやけに神妙な面持ちをしていることをいぶかしく思った。ことに、佳史郎は黒紋付を羽織って、ずいぶんとかしこまって見える。

長火鉢のかたわらに膝をつき、茶の支度にかかった。

「つッ」

小さく声を上げたおえんを、お俊が案じ顔でのぞき込む。

「おえんさん、大丈夫？」

「少しばかり手許が狂って、鉄瓶に触れただけよ」

おえんは耳朶《みみたぶ》を指先でつまんだ。お千恵のところで磯太夫の書状を読んだときから、己れのいる場所がゆらゆらと揺れている気がしてならない。

おえんの淹《い》れた茶をひとくち飲むと、

「先刻、戸倉の兄が遣いをよこしましてね」

向かいに坐った佳史郎が、話を切り出した。

「戸倉さまの、お兄さま……」

戯作者《げさくしゃ》の佳史郎はそもそも武家の出で、兄はとある藩の江戸屋敷に勤めている。戸倉家は江戸定府の家柄だが、久木磯太夫とはかつて同じ家中であったことが、先に磯太夫のお国訛《なま》りをきっかけとして明らかになっていた。

ということは、佳史郎の兄が勤めている屋敷に、いま、友松がいるのではないか。

おえんがそう思い当たったとき、佳史郎の口が動いた。

「昨日、久木磯太夫どのが、藩の上屋敷にあらわれたそうです」

「えっ」

「応対した門番に、ひとりの藩士の名を挙げて、その者に会わせろと、ただそれのみを繰り返すばかりだったとか。名指しされた藩士はたしかに屋敷に仕えているのですが、久木どのの様子にいくぶん不審なところが見られることもあり、ひとまず部屋に上げて、身柄を預かっているそうでして」

「まあ」

「その話を配下から耳にした兄が、先に手前が久木どのについて聞き合わせたのを思い出し、知らせてきたのです」

「お千恵さんのご亭主は心向きの細やかな方だと、前におえんさんがいっていたでしょう。何だか、わたしも気に掛かって」

横からお俊がいい添える。

残っている茶を飲んで、佳史郎が湯呑みを下に置く。

「おえんさん、久木の女房どのから何か耳にしておられませんか」

おえんは応えずに、佳史郎とお俊の顔を見つめた。

さまざまな思案が、頭を駆け巡っている。

磯太夫が、いかなる意図を抱いて藩の上屋敷へ向かったのかは定かでない。

それはともかくとして、藩士のひとりに会わせろというばかりで理由《わけ》を明かさないのは、かどわかしの一件が明るみに出ると口封じの討手が差し向けられるのではないか、と恐れるゆえだろう。

おえんが真実《ほんとう》のことを佳史郎に話せば、磯太夫の命に危難が及ぶかもしれない。

だが同時に、友松についての詳しい消息を、おえんにもたらす端緒となるかもしれないのだ。

いおうか、いうまいか――。

しばらく逡巡《しゅんじゅん》したのち、おえんは肚《はら》を括《くく》った。

「戸倉さまに、申し上げていないことがございます。じつは……」

おえんは、十一年前に友松が久木磯太夫によって国許へ連れ去られたこと、いまの友松が小佐田勇之進と名乗っているらしいことを、細部まで心を配りながら語った。

磯太夫にはすまないが、我が子への情愛にまさるものはない。

「……というわけでして、久木さまがお屋敷に参られたのは、そのことと関わりがあるのではないかと」

「小佐田勇之進……。まさに、久木どのが口にした名だ」

佳史郎が小さくつぶやき、

「まさか、そんなことがあるなんて……」

お俊はそういって、絶句する。

「私は戯作を書くことを生業《なりわい》としているが、世の中でじっさいに起こる出来事は、面白おかしくこしらえた物語よりもよほど奇妙で不可解なものだと、たまに思うことがある」

お俊に声を掛けてから、佳史郎がおえんに向き直った。

「ひとまず、これから屋敷へ行って、兄にいまの話をしてみます。そんなこともあろうかと、身支度をととのえて参りましたので」

「お待ちください、戸倉さま」

おえんは、立ち上がった佳史郎を呼び止めた。

「あの、友松のことが藩の偉い方に知られると、久木さまのお命が危うくなるのではございませんか」

佳史郎が、怪訝《けげん》そうに振り返る。

「誰が、そんなことを」

「久木さま自身が、討手に命を狙《ねら》われると……」

「ふむ」

佳史郎が首をかしげ、沈思したのちに口を開く。

「正直なところ、久木どののしでかしたことは、決して褒められたものではありません。しかし、大っぴらに吹聴《ふいちょう》してまわりでもしない限り、命を取られることもなかろうと存じます」

ぽかんとしているおえんの代わりに、お俊が訊ねる。

「それじゃ、久木さまの思い込みにすぎないのですか。お千恵さんもおえんさんも、それを鵜呑《うの》みにして……」

佳史郎はお俊にうなずくと、

「ともかく、兄と会って参ります」

おえんにそういって、框を下りた。

半刻《はんとき》ばかり後、おえんは深川の松井屋にいた。

長屋から出ていく佳史郎を茫然《ぼうぜん》と見送ったおえんだったが、いまなすべきことを考えなくてはとお俊にうながされ、気を取り直したのだ。

折しも井戸端に出ていたお千恵に、

「久木さまが、藩のお屋敷に姿をお見せになったそうなの」

おえんが告げると、お千恵は困惑しながらも、

「津野屋にも、このことを知らせないと……」

外出する断りを入れに、いったん奥へ引っ込んだ。

お千恵を待つあいだに、おえんは文治郎に取り次いでもらい、台所の土間に立ったままで経緯を手短に話した。

「なんと……」

急な成り行きに文治郎は目を瞠《みは》ったが、黙って話に耳を傾ける。

「これから、お千恵さんと津野屋へ参ります。あちらは久木さまのご親戚《しんせき》ですし、藩に紙を納めてもおられます。お屋敷から、何か問い合わせがあるかもしれません」

「それと、もし戸倉さまがお見えになりましたら、わたくしは津野屋にいるとお伝えください」

「あいわかった」

やがて、身支度をととのえたお千恵が奥から出てくる。

松井屋を後にしたおえんたちは、駆け足になりながら永代橋を渡った。

空は今日も灰色の雲に覆われている。

津野屋に着くと、奉公人たちはお千恵の顔を見知っているとみえて、すみやかに奥の客間へ通してくれた。

茶を出した女中が部屋を下がり、ほどなく、津野屋卯八と、その母、登美が入ってくる。

「おや、おえんさんも」

登美がわずかに足を止め、おえんとお千恵の顔を見比べながら、卯八の隣に膝を折る。

「うむ」

挨拶もそこそこに、お千恵が本題に入った。

卯八たちは口を挿《はさ》んだりせず、じっと耳を傾けた。

「磯太夫……、なんということを」

話を聞き終えて、登美が声を震わせる。目の下を縁取るくまに、疲れがにじんでいた。行き先も告げずに姿をくらました甥《おい》の身を、昨日から案じているゆえだろう。

話の途中から腕組みになった卯八の眉間《みけん》にも、深い皺が寄っている。

「いまのところ、お屋敷から知らせは届いていないが、それを待っていては、どうも遅い気がする。下手をすると、津野屋も藩の御用を賜ることができなくなるのでは」

卯八の言葉に、登美が表情をこわばらせる。

「何としても、それは避けなくては……。浜田の本店や棚倉店にも、累《るい》が及びかねませんよ」

「ただちにお屋敷へうかがって、磯太夫どのの不審な振る舞いをお詫び申し上げ、その背後にある事情――友松さんのことについてきちんとお話しするべきだろう」

「そうね、それがよいかと。ねえ、お千恵さんも、そう思うでしょう」

登美がお千恵の顔を見る。

ここへ来る道すがら、おえんは戸倉佳史郎の見解をお千恵に話してあった。しかしながら、お千恵はすんなりとは信じかねるとみえて、登美の問いかけにも黙っている。

「ぐずぐずしているひまはない」

区切りをつけるようにいって、卯八が立ち上がった。廊下側の襖を引いて、手を鳴らす。

じきに、人の足音が近づいてくる。

ふた言、三言、卯八の低い声がした。店の奉公人に、着替えの支度をするよう指図しているようだ。

卯八が部屋を振り返った。

「お千恵さんは、どうなさいますか。話がどう転ぶかは見当がつかないが、場合によっては磯太夫どのを引き取ってくることもあるかと……」

「こちらで待たせてください」

間髪《かんはつ》を容《い》れず、お千恵が応じる。おえんも口を開いた。

「あの、わたくしも……。お屋敷には、友松がいると聞いておりますので」

お千恵とおえんにそれぞれうなずいて、卯八が廊下へ出ていった。

登美が自室に下がり、茶を取り替えにきた女中が立ち去ると、おえんはお千恵とふたりきりになった。家の中の人声や物音も聞こえず、部屋はしんとしている。

湯呑みから上がる湯気を、おえんは何をするでもなく眺めた。

「それにしても、久木さまは何ゆえ、藩のお屋敷へおいでになったのでしょうね」

少しばかり間があって、お千恵の声が返ってくる。

「これは推測にすぎないけれど、友松さんを、取り返しにいったんじゃないかしら」

「取り返す？」

お千恵がわずかに顎を引く。

「友松さんを、おえんさんや文治郎旦那《だんな》さま、大お内儀さまに会わせて差し上げたいと思ったんじゃないかと」

「討手が差し向けられるのではと、あんなに恐れていらしたのに……」

「うちの人にできる償いは、ほかにないもの。ただ、意を決してお屋敷に乗り込んだはいいけど、大勢のお侍に取り囲まれたら怖気《おじけ》づいてしまった。おおよそ、そんなところでしょう」

お千恵は短く息を吐いて、

「腹を切ってお詫びするといってみたり、殺されるのは怖いといってみたり。情けない男だと、おえんさんは思われるでしょうね。でも、そういうところが、放っておけなくて」

「お千恵さん……」

磯太夫の一連の言動に、おえんは少なからずちぐはぐなものを感じていたが、お千恵の言葉を聞いて、何となく得心がいった。

部屋が薄暗くなり始め、先刻の女中が部屋に入ってくる。

「夕餉《ゆうげ》は、こちらでお召し上がりになりますか」

ふたりが丁重に断ると、女中は重ねて勧めることはなく、壁際に置かれた行燈《あんどん》に灯をともし、長火鉢の炭の具合をみたのち、ふたたび下がっていった。

暮れ六ツの鐘が、聞こえてくる。

時分どきになると、部屋の外では人の話し声や皿小鉢の触れ合う音などがしていたが、やがてそれも静まり、家の中はひっそりした。

ぽつりぽつりと続いていたふたりのやりとりもいつしか途絶え、めいめいが物思いにふけっている。

時折、行燈の灯芯《とうしん》が、じじっと音を立てる。

津野屋卯八が藩の上屋敷から帰ってきたのは、夜五ツをまわった頃であった。

五

月が替わり、江戸の市中に植わっている桜の蕾《つぼみ》もわずかに膨らみ始めた。

芽吹長屋のおえんの家では、長火鉢を挟んで丈右衛門がおえんの向かいに坐っている。

「昨日、藤木屋与四兵衛さまとおたねさんの祝言にうかがいまして、松井屋文治郎さまや津野屋卯八さまともご一緒いたしました。坐ったところが近うございましたので、しぜんと話をする格好になりましてな。津野屋さまから聞きましたが、久木磯太夫さまはいまだ藩のお屋敷に留め置かれているそうでございますね」

「ええ」

おえんはわずかに顎を引いて、

「藩のご重職方が話し合って久木さまの扱いをお決めになるまで、いましばらく待つようにと申し渡されて、津野屋さんは店に帰ってこられたのだけど……。かれこれ十日ほどになるかしら」

指を折って数をかぞえた。戸倉佳史郎からも、何もいってこない。

「文治郎さまも、向後のことを気に掛けておいででした。友松坊っちゃんのこともございますし……。まあ、おめでたい席で、あまり長々とそういう話もできませんでしたが」

おえんは話を少しばかり別の方へ向けた。

「祝言の様子を、聞かせておくれ」

丈右衛門が、膝を正す。

「厳《おごそ》かな中にも和やかさのある、よい祝言でございました。集まったのは手前どもを入れてつごう二十人ばかり、どなたさまも終始にこにこと、くつろいでおられましてね。藤木屋さまとおたねさんのお人柄が、その場ぜんたいににじみ出ているようでした」

「そう、よかった」

その光景が目に浮かぶようで、おえんの口許が弛む。

「おたねさんに、長襦袢をお贈りになられたのですね。身に着けていると、お嬢さんがいっとう近いところで門出を祝ってくださっている心持ちがすると、感無量といった顔をなさっておりました」

「まあ、おたねったら……」

いささか面映ゆくて、おえんは肩を上下させる。

「こちらに、おえんさんはおいでになりますか」

家の前で、男の声がした。

「おや、どなたかしら」

おえんが土間に下りて腰高障子を引くと、津野屋の手代が立っていた。駆けてきたらしく、いくらか息を弾ませている。

「藩のお屋敷から呼び出しを受けまして、手前どもの主人が出向いております。おえんさんには津野屋にてお待ちいただくようにと、主人より申し付けられて参りました。深川のお千恵さんにも、別の者がうかがっております」

「わかりました。ただちに参ります」

おえんは部屋へ引っ込むと、手代の言葉をそっくり丈右衛門に伝える。

「丈右衛門、お前も来てくれるかえ」

「承知しました」

丈右衛門が、さっと立ち上がった。

前に一度、丈右衛門が津野屋を訪れた折に顔を見知っていたとみえ、手代はさして戸惑うふうもなく、おえんと丈右衛門の先に立って歩きだした。

昼をすぎて風向きが変わったのか、季節が逆戻りしたように風がつめたい。空は青いものの、高いところにある雲が、かなりの勢いで横へ流されていく。

おえんたちが津野屋に着き、奥の居間に通されるのと前後して、お千恵も部屋に入ってきた。

「ああ、おえんさん。卯八さんがお屋敷に……。いったい、どんな沙汰《さた》が下るのでしょう」

心細そうに、襟許を手で押さえる。おえんの斜め後ろに控えた丈右衛門に会釈《えしゃく》して、隣に置かれている座布団《ざぶとん》に膝を折った。

けっこう待たされるものとおえんは見込んでいたが、四半刻もすると廊下に足音がして、襖が開いた。

「お待たせいたしました」

津野屋卯八がそういって敷居をまたぎ、後ろから久木磯太夫が入ってくる。男たちのあとに登美が続き、襖を閉める。

「お前さま、生きておいでで……」

お千恵の声がかすれて、言葉にならなかった。じっさいに顔を見るまで、気が気ではなかったに相違ない。

磯太夫が険しい表情で、お千恵にうなずいて見せる。

年明けからこっちのごたごたでげっそりと痩せた磯太夫だが、この十日ほどでさらに厳しさのようなものが風貌《ふうぼう》に加わったようだ。

おえんたちの向かいに、卯八、磯太夫、登美が腰を下ろした。

卯八がおもむろに口を開く。

「藩ではかどわかしの裏付けが取れたそうでして、ゆえに手前が呼ばれたようです。磯太夫どのの申された通り、御小姓組に属する小佐田勇之進さまは、松井屋文治郎さんとおえんさんの子、友松さんでした。といっても、ご当人には内密で調べを進めたとのことですが……。小佐田家は代々国家老を輩出なさっているお家柄、現在は勇之進さまの長兄にあたる方が当主となり、すでに嫡子《ちゃくし》も誕生しておられます。隠居した先代はご存命ですが、かどわかしの発端となった奥方さまは、先年この世を去られました」

わずかに間をおいて、

「以上のことを鑑《かんが》みて、藩としては今さら波風を立てることもなかろうと、そうした結論に達したそうでございます」

磯太夫は身じろぎもせず、卯八が話すのを聞いている。

「それで、うちの人は……」

お千恵が訊ねた。

「向後は、津野屋にて磯太夫どのをお引き受けすることになりました。磯太夫どのには、浜田城下の本店に身を寄せていただきます」

「それは、どういうことですか」

おえんが首をかしげる。

「磯太夫どのを厳罰に処すほどではないが、まるでお咎《とが》めなしというのも、いかにも具合がよろしくない。まあ、江戸払いくらいで幕引きにしようと、そんなところでしょう」

苦々しそうに、卯八が応じた。

「津野屋が、藩の御用達を取り消されることはないのですね」

ほうっと、登美が息を吐く。

それまで黙っていた磯太夫が、畳に手をついた。

「おえんさん、面目ない。わしは、友松どのを実のおっ母さんに会わせてやりたかったのだ。しかし、何もできずに帰ってきてしもうた」

「久木さま……」

おえんは何ともいいようがない。

卯八が、軽く咳払いをした。

「藩からは、三日後に江戸を発つようにと申し渡されています。ついては、お千恵さん」

言葉を切って、膝の向きを変える。

「いきなりの話で戸惑われるでしょうが、磯太夫どのと浜田へ向かう支度をなさってください」

「……」

お千恵は、すぐには返事をしなかった。

「知らない土地に移るのは心許ないでしょうけど、住みやすいところですよ。海が近くて魚も美味《おい》しいし、城下の人たちの気性もさっぱりしています。娘時分まで過ごした私がいうのですから、偽りはありません」

気持ちを引き立たせるように、登美が明るい声を掛けるが、お千恵はなかなか応えない。

その裏にあるのは、江戸を離れることへの不安だけではないだろうと、おえんは察した。

「お千恵さん、大お内儀さまのことだったら、そんなに案じなくていいのよ」

お千恵が振り向く。

「おえんさん……。そうはいっても、代わりの人はすぐに見つからないでしょう」

「そこはそれ、どうにかなるわ。いざとなったら、大お内儀さまにどれほど嫌な顔をされても、わたくしがお世話にうかがいます」

「でも」

「先に、話してくれたわよね。久木さまには生きて罪を償ってもらいたい、それを支えるのがお千恵さんの拠り所になるのだと」

「ええ……」

「浜田で一から出直すことが久木さまにとっての償いだとしたら、お千恵さんも従《つ》いていかなくては、きっと後悔しますよ」

おえんの顔をじっと見つめていたお千恵が、卯八と登美に向き直る。

「深川にもどって、旅支度にかかります」

「おえんさん、重ね重ね、かたじけない」

磯太夫が、深々と頭を下げた。

縁側に面した明かり障子に、西へ傾き始めた陽の光が射《さ》しかけている。

卯八が、膝に載せた両手を上下させた。

「浜田への道中には、江戸店の番頭を供につけましょう。いま、お引き合わせします」

「あの、わたくしは先に松井屋へ参って、話を通しておきます。向こうでも、いろいろと気を揉《も》んでいるでしょうし」

おえんはそういって、卯八より先に腰を上げる。

「丈右衛門、参りますよ」

「は」

丈右衛門が、低く応じた。

津野屋を出たおえんたちは、永代橋に向かって歩き始めた。

思案顔になりながら、丈右衛門が口を開く。

「まことに、あれでよかったのですか」

「ああいうほかないでしょう」

「しかし、大お内儀さまのお世話は一筋縄ではいかないと、前におっしゃっていたではありませんか」

おえんは歩みを止め、浅い息を吐く。

「じつをいうと、お千恵さんに少しばかり負い目を感じていたの」

「負い目ですと」

丈右衛門が眉を持ち上げる。

「かどわかしのことを戸倉さまに打ち明けた折、友松と久木さまを天秤《てんびん》にかけたのよ。

結句、久木さまに対して義理を欠いてしまったわ」

「そんな。だからといって、負い目を感じたりなさらなくても……」

丈右衛門が目をまたたいて、

「母親の情を何よりも優先なさったのは、当たり前のことでございます。何人《なんぴと》も咎めたりはできません。まったくお嬢さんときたら、人がよすぎで……」

ふいに目の前がぐるりとまわって、丈右衛門の声が遠くなった。

「お嬢さん、どうかなさいましたか。お嬢さん」

気づくと、立ったまま両肩を丈右衛門に抱きかかえられている。

こめかみに手を当て、おえんは体勢を立て直した。

「平気です。ちょっとばかり、くらっとして」

「ここしばらく、気の休まる間もございませんでしたからな。ゆっくり眠れてないのではありませんか」

丈右衛門が顔をしかめ、

「松井屋には、手前ひとりでうかがいましょう。お嬢さんは長屋で横になられたほうがようございます」

「丈右衛門……」

「文治郎さまには、委細洩《も》らさずお話ししますので、なにとぞご安心ください。久木さまが無事におもどりになり、津野屋の看板にも傷がつかずにすんで、お千恵さんや卯八さんはやれやれといったところでしょうが、松井屋は違います。文治郎さまも、黙って見過ごすわけにいかないでしょうし、そうなると、僭越《せんえつ》ではございますがお嬢さんよりも手前のほうが、相談のお相手が務まるのではないかと存じます。加えて、お千恵さんの代わりになる女中についても、早急に手配りいたしませんと」

さすがに、丈右衛門は押さえどころをわきまえていた。

短いあいだにいろいろなことがありすぎて、おえんはへとへとになっている。とても丈右衛門のようには頭がまわらない。

「わかりました。よろしく頼みます」

おえんは深々と腰を折った。

六

三日後、おえんは日本橋の袂《たもと》へお千恵と久木磯太夫を見送りにいった。

朝の五ツだが、高札場の前にはおえんたちのような人々が何組も見受けられる。

「松井屋さんにも、おえんさんにも、まことによくしてもらったのに、中途半端《はんぱ》なかたちになって……」

手甲《てこう》に脚絆《きゃはん》、手拭いを姉《あね》さん被《かぶ》りにしたお千恵が、神妙な顔つきで視線を落とす。

「それをいうのは、よしましょう。たった三日で旅支度をととのえるのは、何かと慌《あわ》ただしかったんじゃないの」

おえんが左右に首を振ると、お千恵の肩から力が抜けるのが見て取れた。

「うちの人がお屋敷から下がってきた翌日には、長屋を引き払って津野屋に移ったの。文治郎旦那さまが、万事取り計らってくだすってね。昨日は、父のところへ顔を見せに。わたしたちが深川にもどってからは、二、三度、会っていたけれど、江戸を出るといったら仰天してしまって……」

「無理もないわ」

「でも、これを機に、父も浜田へ引き移ることになりそうよ。近いうちに医者の看板を下ろそうと算段していたみたいで、お弟子に患者を少しずつ引き継いでいたんですって」

「まあ、そう」

お千恵が足許を見つめ、ゆっくりと顔を上げた。

「生まれ育った土地を離れるのは心細いけれど、新たなご縁をいただいたと思って、浜田で生きていくわ。何といっても、うちの人には馴染《なじ》みのあるところだし、いずれは父もきてくれるんだもの」

高札場の隙間《すきま》から射してくる光が、お千恵の顔の上に降り注いでいる。

「おえんさん、不甲斐《ふがい》ない亭主の代わりに女房を支えてくれて、心から礼を申す」

磯太夫が、頭を下げた。

「久木さま、そろそろ参りませんと」

少しばかり離れた場所にいる津野屋の番頭が、控えめに声を掛けてくる。

「おふたりとも、くれぐれもお身体を大切になさってください」

「おえんさんも、ご息災で」

おえんは、お千恵、磯太夫と顔を見交わした。おそらく、この先、ふたりが江戸に立ち戻ることはあるまい。

通りを歩きだしたお千恵は、一度も後ろを振り向かなかった。

あの人らしいこと。おえんはくすりとする。

京橋へと続く往来は、目抜き通りであるとともに日本橋を起点とする東海道でもあって、人馬がひっきりなしに行き交っている。お千恵たちの姿は人混みに紛れ、じきに見えなくなった。

往来を何の気なしに眺めていると、お千恵たちを飲み込んだ人の波から、ひとりの男が吐き出されてきた。

「まあ、辰平さん」

「おう、おえんさん」

貸本屋の辰平だった。といっても、いつも背負っている本の山が、今朝はない。木綿縞《もめんじま》の着物に鼠色《ねずみ》の帯を締めた、こざっぱりとした身なりであった。

「旅に出る存知寄りを、見送りにきたんです。そうそう、先に芽吹長屋に住んでいらした……」

おえんがいうのを聞いて、辰平が往来を振り返る。

「やっぱりそうか。さっきすれ違ったよ。どこかで見た顔だと思ったんだ。お国訛りのきついお侍で、名は忘れちまったが……」

「芽吹長屋にいらしたのは、ほんのひと月ほどでしたもの。あの時分は一人住まいをしておられましたけど、ひょんなことからわたくしの友人のお連れ合いだとわかりましてね。このたび、夫婦ともども江戸を離れられることになったんです」

「へえ、そうだったのかい」

「辰平さんは、どちらへ」

訊ねられて、辰平がおえんに顔を向けた。

「この先にある版元に、顔を出してきたんだ。おれが一本立ちするときに世話になった人が身体の具合を悪くしたってんで、ちょいとお見舞いにね。家にもどって、それから商いに出るよ」

ふたりはどちらともなく日本橋を渡り始める。

「ところで、ここんとこ揉めてるみてえだが、何かあったのかい」

辰平が気遣わしそうな顔になり、

「その、夜におえんさんが番頭さんとどこかから帰ってきたところに、出くわしたことがあっただろ。どことなく、ふだんと感じが違っていて……」

「ああ、あのときは……」

久木磯太夫が友松を連れ去ったのだと明らかになって、おえんは尋常ではない衝撃を受けたのだった。

「いや、話したくねえなら、話さなくていいんだ。だが、お嬢さんを頼みます、なんて番頭さんにいわれると、妙に気に掛かっちまってな」

ぼんのくぼへ、辰平が手を持っていく。

大名家が絡んでいるのは伏せるとしても、友松が生きていることくらいは、辰平に打ち明けてよいのかもしれなかった。しかし、まだ何となくそういう心持ちになれない。

いつしか、瀬戸物町にさしかかっていた。

裏木戸の手前で、おえんは足を止める。

「もう少し時が経《た》てば、お話しできると思います。いまはどういえばいいのか、じっさいのことに気持ちが追いつかなくて……」

「ん、そうか。その気になったら、話せばいいよ」

ふたりが路地を入っていくと、おえんの家の前に男がいた。

「あら」

「おえんさんの知り合いかい」

こちらを向いて立っている男を、辰平がちらりと見やる。

「松井屋の……、別れた亭主です」

おえんの声が聞こえたかのように、松井屋文治郎が腰をかがめる。絹物の着物に羽織をまとい、いかにも大店《おおだな》の主人といった身ごなしであった。

「ど、どうも」

辰平はうやうやしく頭を下げると、「おれは、これで」と家に入っていった。

わけもなくどぎまぎしながら、おえんは文治郎に近寄る。

「どうなすったんですか、ここへおいでになるなんて」

「話があるんだ」

「遣いをくだされば、わたくしがお店へ参りましたのに」

「まあ、聞いてくれ」

短いやりとりのうちに、おえんが腰高障子を引き開け、部屋に上がるよう文治郎をうながす。

長火鉢の前へ出された薄い座布団に膝を折ると、文治郎は懐《ふところ》から煙草入れを取り出した。煙管《きせる》に煙草を詰めながら、

「松井屋が、木挽町のお屋敷に出入りできるようになったぞ」

水の入った鉄瓶を五徳に掛けようとしていたおえんは、何をいわれているのか飲み込めなかった。

「友松が仕えている殿さまは、木挽町にお屋敷を構えておられる。そのお屋敷から、松井屋は味噌御用達《みそごようたし》を仰《おお》せつかったのだ」

文治郎がいい直すのを聞いて、はっとする。

「昨日、お屋敷からの御使者がお見えになり、御口上と御出入商人の鑑札を賜った。えらいことだぞ、これは。お前の兄さんに借りた金を返すのも、あっという間に……」

口がすべったのをごまかすつもりか、文治郎は大仰なくしゃみをした。煙管を長火鉢に近づけ、うまそうに一服する。小鼻が膨らみ、両目に生き生きした光が宿っていた。頬は上気して赤みを帯びている。

「あさましい……」

まるで知らない男を見ているようだった。

思わず知らず、おえんの口から声がこぼれる。

「何だと」

「だって、そうじゃないの。袖の下を摑まされて、まんまと引き下がったのでしょう」

文治郎の眉が、ぴくりと動く。

「友松のことで、藩は精一杯の配慮を示してくだすったのだ。松井屋としても、御出入商人としてつながりを持てば、陰ながら友松を見守ることができる」

「うまい言い逃れですこと。友松は、松井屋のれっきとした惣領《そうりょう》息子なのよ。お前さまは、御用達の看板と引き換えに、我が子を藩に差し出したんだわ」

頭に血が上って、おえんは文治郎のことを昔のように呼んでいるのにも気づかなかった。

長火鉢の鉄瓶から、湯気が上がり始めた。

文治郎が煙管に口をつけて、

「友松は——いや、小佐田勇之進さまは、紛れもなく私たちの子だが、いまとなっては、そうではない」

「だったら、どうだというんです」

「ひとつ訊かせてもらうが、親が、我が子に願うのは、どんなことだ」

「それは……。我が子の仕合せに、決まっています」

「私とて、思いは同じだ。我が子の仕合せを願うならば、親としても多少の痛みには目をつぶろうじゃないか」

そんなふうにいわれると、おえんにはもう言葉がない。

茶を淹れるつもりだったが、何となく気が変わった。

「じつは、話というのは、それだけじゃなくてね」

文治郎が口から煙を吐いて、

「御使者は立派な駕籠《かご》に乗っておいでだったが、お供をひとり、従えていらした。そのお供が誰だったか、お前、わかるか」

「もったいぶらないで、話してくださいな」

応じながら、おえんはいささかうんざりした。昔から、文治郎にはこういうところがある。

「小佐田勇之進さまだ」

思わず、おえんは目を見開く。

「まあ、そうと名乗られたわけではないが……。しかし、私はひと目で見抜いた。何といっても、実の父親だし」

少しばかり胸を反らし、文治郎が言葉を続ける。

「御使者が松井屋に滞在されたのは四半刻ほど、むろん、奥の座敷で御口上を述べられるあいだは、お供も御使者の脇に控えておられる。それとなく私へ向けられる目に、なんともいえないものがあって……」

思い出したように、文治郎が宙を見つめる。

おえんは、おとぎ話でも聞いているような心持ちがした。語られている場を想像しようとしても、小佐田勇之進の顔がうまく思い浮かばない。

同時に、ははあ、とも思う。さっきから、どうにも物分かりがよすぎる気がしていたが、いまの話で腑《ふ》に落ちた。

煙草の灰を長火鉢に落として、文治郎がおえんに向き直る。

「御使者がお帰りになったあとで、おっ母さんが何といったと思う。お供についていたお侍さまは、どういうわけか若い時分の文治郎に目鼻立ちがそっくりだったねと、そういったんだぞ」

「えっ。大お内儀さまは、起きていらして平気なんですか」

「それが、御使者をお迎えする前日、お屋敷から内々にお呼び出しがあってね。番頭が御用向きをうかがってきたんだが、話が話だけに、おっ母さんにも申し上げたんだ。そうしたら、お大名家の御使者がお見えになるのに、床で横になっていては罰《ばち》が当たるといいだしてね。昨日は、店座敷にかしこまって、お出迎えとお見送りを」

「ま」

「身体の調子も悪くなさそうだったし、夕餉のあとでこれまでの経緯を明かしたんだ。初めはびっくりしていたが、しまいには涙を流して、よかった、よかったと……。すっかり気持ちが上向いたみたいで、今朝も自分から起きてきて、女中たちが目を丸くしていた」

「へえ」

「お千恵さんの代わりを見つけなくてはと考えていたが、しばらく様子を見てもよさそうだ。こうして訪ねてきたのも、おえんに知らせてやれと、おっ母さんにいいつかったものだからね」

「それは、まあ、ようございました」

我ながら間抜けな受け応えであった。

いい返したいことは山ほどあるが、天下を取った殿さまみたいに晴れやかな表情をしている文治郎を目にすると、毒気を抜かれたようになる。

「あの、いま少し、聞かせていただけませんか」

「うん？」

「小佐田勇之進さま——その、友松のことを」

「ああ、そうだな」

文治郎が煙管を仕舞いながら、

「何かを、探しているふうに見えた」

「探すって、何を」

おえんが問い返すと、

「これは問屋仲間から耳にした話だが、こたびのような場合、その店の主人夫婦が揃って御使者の応対にあたるんだそうだ。しかし、私たちは夫婦別れをしている。それゆえ……」

文治郎が言葉を濁し、おえんから目を逸《そ》らした。

ひとりになると、おえんは何もする気がしなくなった。世の中の仕合せから自分だけ置き去りにされたようで、すべてがばかばかしくなったのだ。

夕方までぼんやりと過ごして、暗くならないうちから床に入って寝た。

あくる日は、丈右衛門が顔を見せた。お千恵の代わりの女中のことで松井屋を訪ね、それが要らなくなったことを知って、芽吹長屋に足を向けたのだ。だが、何を話してもおえんが上の空なのを見ると、首をすくめて帰っていった。

お俊が訪ねてきたのは、さらに二日後だ。

朝になっても床の中でぐずぐずしていたおえんは、表で誰かが訪《おとな》いを入れているのに気づいたものの、知らぬふりをしていた。それでもしつこく声がするので戸口に出てみると、お俊であった。

「まあ、何よ、その顔。ひどくむくんで、たぬきみたい」

口を開くなり、お俊があきれた声を出す。

「だって……」

友人の顔を見たら、おえんは咽喉の奥が詰まった。

「お俊さん、あ、あのね……。お天道《てんとう》さまに顔向けできないようなこと、何ひとつしていないのに、間尺《ましゃく》に合わないことだらけで……。みんなばっかり、ずるい……」

目に涙があふれ、まとまりのつかない言葉が口をついて出る。

「戸倉の兄上さまから、話は聞いたわ。生きていると、泣きたくなるときもあるわよね」

お俊が袂から手拭いを取り出して、

「おえんさんに知らせたいことがあって、うかがったの。ちょいと、大きな声では話せなくて」

おえんに手渡しながら、耳許に顔を寄せる。

涙をぬぐっていたおえんは、ぐっと手拭いを握りしめた。

「お俊さん。まことなの、それは」

「佳史郎さんが、兄上さまに掛け合ってくだすってね。今朝も、ここへ一緒に来たそうだったんだけど、わたしが止めたの」

お俊は戸口に首を入れて部屋を見回すと、

「どうせ、こんなことだろうと思って……。佳史郎さんが、また女の人に幻滅すると困るもの」

そういって、苦々しく笑った。

七

上野の山や隅田堤の桜が咲き始め、やがて満開になったという声が方々で聞かれた。

しかし、春の天気は変わりやすく、本降りの雨とともに大方が散っていった。

もっとも、おえんにしてみれば、気がついたら花が終わっていた感じである。毎年、恒例になっている芽吹長屋の花見も、誘われたのに断ってしまった。

三月末のある日、おえんは芝西久保にある光明山天徳寺の庫裏《くり》にいた。お俊が長屋を訪ねてきてから、半月ほどが経っている。

戸倉佳史郎の兄が上役に諮《はか》り、おえんを一日だけ、ここに下働きの下女として入れるよう、取り計らってくれたのだ。天徳寺は藩主の菩提寺《ぼだいじ》で、今日が参詣《さんけい》する日にあたっていた。

「ただいま、山門をお入りになりました」

表へ出ていた若い僧侶《そうりょ》が、庫裏にもどってきて告げる。

十畳ほどの土間で立ち働いている台所係は、その僧侶を含めて三人で、それぞれ鍋が掛かっている竈《かまど》の火を加減したり、配膳台《はいぜんだい》に器を並べたりしている。

藩主一行が、参詣したのちに寺で昼食をとることになっていた。

配膳台に器を並べていた浄昌《じょうしょう》という僧侶が、流しのかたわらに立っているおえんのところへ来る。

「先ほども申しました通り、おえんさんは流しから離れないでください。調理や配膳に関わること、それにお侍さまから何か御所望がございました折には、手前どもが対処いたしますので」

台所係を束ねるのが、この浄昌だった。浄昌には、寺の住職を通じておえんの素性は明かしてあるが、我が子が藩主の小姓としてお供についてきていることは伝わっていない。

「むろん、承知しております。こちらさまのご迷惑になるようなことはいたしません」

おえんは深々と腰をかがめる。遠くからひと目、友松の姿を見るだけでいい。その一心であった。

浄昌が軽くうなずいて、持ち場へもどる。

一行には、精進料理の膳、二十人分を供する段取りになっている。おえんも朝五ツには庫裏に入り、小芋や牛蒡《ごぼう》、大根、芹《せり》、三つ葉などを流しで洗った。身なりは質素な木綿縞に襷《たすき》掛け、頭には手拭いを姉さん被りにしている。

おえんは、肩の襷に手を添える。昨夜、友松の兵児帯で襷掛けすることを思いついた。ふだん用いている襷に比べるといくぶん長いが、元来は子供用だし、結び目の余りが邪魔になるほどではない。

調理を任されてはおらず、このひとときはわりあいに手持ち無沙汰だった。流しの上に切られた格子《こうし》窓《まど》から外をのぞくと、小石の敷き詰められた地面に莚《むしろ》が五枚ばかり広げられ、椎茸《しいたけ》が並べてある。精進料理は椎茸や昆布で出汁《だし》を引くので、干し椎茸をこしらえるのだろう。

ふと、がやがやした気配を感じて、おえんは台所を振り返った。土間から続く広い板間の向こうで、人の声や物音がしている。板間の障子は閉まっていて、その先がどうなっているのか、おえんにはうかがえない。浄昌に聞いた話では、板間の奥には畳敷きの座敷があり、藩主一行はそこで昼食を召し上がるのだという。

本堂での参拝をすませた一行が、庫裏につながる回廊を渡ってきたようだった。

朝からどきどきしていたおえんの胸が、いっそう高鳴る。

障子がすっと開いて、本堂から一行を先導してきたとみえる僧侶がひとり、姿を見せた。

僧侶の後から、半裃《はんがみしも》の藩士がひとり、ふたりと続いて板間に立つ。

板間には、ご飯の御櫃《おひつ》や茶の入った土瓶、そして浄昌の指揮の下でととのえられた膳が並んでいた。

藩士が御櫃や土瓶を抱え、座敷へ引き返していく。

三人目が板間に出てきたのを見て、おえんは息が止まるかと思った。

十七年前、見合いで初めて見かけた文治郎が、時を越えて目の前にあらわれたかのようだった。

膝をつき、膳を抱えた小佐田勇之進は、くるりと背を向けて座敷へ消える。

永遠のような、刹那《せつな》のような、濃密な瞬間だった。

藩士が順繰りに出てきては、膳を抱えて引き返していくが、勇之進は二度とあらわれない。

ほどなく、板間に置かれていた膳はすべてなくなった。

「おえんさん、洗い物を頼めますか」

調理を終えた僧侶たちが、菜箸《さいばし》や味見に使った小皿などを流しへ下げにくる。

おえんは、ふうっと息を吐く。

「かしこまりました、そちらに置いておいてください」

流しで水を使いながら、今しがたの出来事を、繰り返しまぶたに描いた。

ふわふわした気持ちの底に、深い感謝の念が湧《わ》き上がってくる。

先だって、お俊が芽吹長屋を訪ねてきた折、おえんは幾度も頭を下げた。何とお礼をいえばいいかわからない、と涙ぐむおえんに、お俊はこう声を掛けてくれたのだ。

「いつか恩返しをしたいと、前から佳史郎さんと話していたの。わたしたち、おえんさんにご縁の糸を結んでもらって、前に踏み出すことができたのよ。だから、これでおあいこ。お礼なんて、いらないわ」

おえんにとって、これほど嬉《うれ》しい言葉はなかった。

ふだんは人と人との縁を取り持つ己れが、お俊と佳史郎に、我が子とのご縁の糸を結んでもらったのである。お俊夫婦だけではない。丈右衛門やおたね、お千恵や久木磯太夫たちにも支えられて、いま、この場にいることができるのだ。

その仕合せを、おえんはしみじみと嚙みしめる。

「おい、雨だ」

浄昌の声がして、目を上げる。

格子窓の向こうに、台所係の僧侶たちが飛び出していく。

日は照っているのに、雨が降りだしたのだ。土の湿る匂《にお》いが、窓から入り込んでくる。

「恐れ入ります」

板間から声が掛かったのは、そのときだった。

振り返ってみると、框に小佐田勇之進が立っているではないか。

僧侶たちは、椎茸が並べられた莚を慌ただしく軒下に取り込んでいる。

おえんはおずおずと腰をかがめた。

「主人が、味噌汁のお代わりを所望しております。多めにつくっておられるようでしたら、分けていただきたいのですが」

「少々お待ちを」

おえんは竈の前に移って、鍋の蓋を取った。湯気と味噌の香りが、ふわりと上がる。

「ございます」

「では、頼みます」

空になった椀《わん》が載っている盆を、勇之進が差し出す。

おえんは前かがみで框の手前まで進み、押し頂くように盆を受け取って、味噌汁を椀によそった。いま一度、盆に載せ、框へ運ぶ。

「こちらの味噌汁が、主人はいたく気に召したようです」

「あの……、精進料理の出汁に合うように吟味された味噌が、深川にある商家から届けられたと耳にしております」

盆に手を伸ばそうとした勇之進が、少しばかりいぶかしそうにおえんを見た。

胸がいっぱいで、おえんは顔を上げられない。

視界の端に、襷の結び目が映っている。そこにある松葉文様の縫い取りに、勇之進も目を留めたようだった。

盆を抱えている両手が、ふっと軽くなる。

――ありがとう、おっ母さん。

そう聞こえた気がした。

おえんが顔を上げたとき、勇之進の後ろ姿は障子の向こうに吸い込まれている。

「やれやれ、雨になるとは」

軒下で、浄昌の声がしていた。

涙のにじんだ目尻《めじり》を袂で押さえて、おえんはさりげなく戸口を出る。

「まことに、あんなに晴れておりましたのにね」

「檀家《だんか》が寄進してくだすったものです。傷《いた》まなければよいが……」

浄昌の視線の先では、あとのふたりが椎茸をひとつずつ手に取ってたしかめている。

雨が降ったのはほんのいっときで、すでにお天道さまは高いところに姿を見せていた。

足許に敷き詰められた小石や庭木の葉が雨に濡《ぬ》れて、きらきらと輝いている。

おえんは空を振り仰ぐ。

小佐田勇之進さまの行く手が、明るい光に包まれていますように。

江戸はこれから、若葉のまぶしい季節を迎える。

解　説

大矢博子

志川節子は二〇〇九年、吉原で働く人々を連作で綴《つづ》った『手のひら、ひらひら』（文藝春秋）でデビュー。続く『春はそこまで　風待ち小路《こみち》の人々』（同）で第一四八回直木賞の候補となった。

この『春はそこまで』を読んだとき、「点を線にする」ことと「その線を縦と横で組み合わせる」ことが実に上手《うま》い作家だなあ、と感心したのを覚えている。

『春はそこまで』は江戸の商店街が舞台で、まず商店街を構成する絵草紙屋、生薬屋、洗濯屋が登場する。当時の商売の様子がつぶさに描かれるのも大きな魅力だったが、中心にあるのはその家の親子や夫婦の物語だ。途中で武家の仇討《あだう》ちの話が入ってくるのだが、これもまた、武家の親子の物語である。

それら個々の店、個々の家族が横につながって商店街という共同体になる。と同時に家族の中にも個と個が横につながった夫婦がいて、縦につながった親子がいる。この子どもたちが横につながって、商店街の二代目というひとつの単位を作る。もちろんそこには、親世代の商店街と二代目たちという縦の線も生まれるわけだ。一枚の織物を見ているかのようだった。細かい点を線にし、その線を縦横に組み合わせていく。一本一本は細い線だが、組み合わせることで強く大きな布になる。そこにはただの線の時にはわからなかった模様が浮かび上がることもある。共同体とは、社会とは、こうして出来ているのだと、こうして継承されていくのだと、『春はそこまで』は伝えていた。

その次に出されたのが、『結び屋おえん　糸を手繰れば』（新潮社）だ。結び屋、つまり縁結びに携わる仲人《なこうど》の物語である。この物語が文庫化に際し、『芽吹長屋仕合せ帖　ご縁の糸』（新潮文庫）と改題された。本書はそれに続くシリーズ第二弾である。

糸、というタイトルに我が意を得たりの思いがした。仲人——点と点を線にして、それを組み合わせて一枚の布にするのに長《た》けた志川節子にとって、これぞ、という設定ではないか。そして前巻はその期待に充分応えてお釣りがくるほどのものだった。だが主人公を巡る問題に積み残しがあった。当然、続きが読めるものと待っていた読者も多いだろう。

お待たせしました。結び屋おえんが帰ってきたぞ。

まずは前巻の内容をおさらいしておこう。

主人公は三十代の女性、おえん。味噌《みそ》問屋「松井屋」に嫁いで十年以上経《た》つが、身に覚えのない不貞を疑われて離縁されてしまった。実家にも帰れず、とりあえず、日本橋瀬戸物町の芽吹長屋で暮らすことになる。

生活のために針仕事を始めたおえんだったが、ひょんなことから、魚河岸《うおがし》で働く勝ち気な若い女性と、お茶問屋のおぼっちゃんとの縁談を助けることに。それをきっかけに、おえんは縁を結ぶ「結び屋」、つまり仲人を仕事にすることを思いつく。

前巻ではそこから連作短編の形式で、おえんがとりもった様々な縁が描かれた。当人の気持ちよりも家が優先された時代の結婚、縁結びを描くことで、いろいろな家庭が持つ問題、家族の形を浮き彫りにしていくのが魅力のひとつだった。

もうひとつ、縁結び奮闘記と並行して、おえん自身の問題が全編を通して描かれたことも重要な要素だ。おえんは実家も大きな商家で、これまで生活の苦労をしたことがない。長屋暮らしを一生続けていけるのかどうか、自分はこれからどうしたいのかがわからない。それが、長屋の人々との交流やいろんな縁結びに携わることで、自分たち夫婦は、自分たち家族はどうだったかを見つめ直すのである。自分はもう一度あの家でやりなおしたいのか、それともそうじゃないのか。おえんの決意と選択が前巻の大きな読みどころだった。

そして本書『日照雨』である。

本書もまた、おえんは縁結びに奔走する。だが前巻との違いは、それが男女の仲に限らないということだ。

第一話の「結び観音」では、夫を亡くして七歳の息子をひとりで育てているお俊と、光源氏か業平かというほどの男ぶりなのに極度のコミュ障という戯作者・佳史郎をとりもつ。ここまでは前巻に同じだが、その次から物語の方向が少しずつ変わっていく。

第二話「鯛の祝い」は、松井屋の女中・おはるの縁談が決まったという話。それを聞いた出入りの棒手振り・伝次の様子がおかしい。おえんは伝次にも縁談を世話しようとするが、伝次は断る。卒中で倒れて寝たきりの父親がいるからだ。

これは男女の縁談という「横に結ぶ糸」と併せて、親子という「縦に結ぶ糸」の話である。思えば第一話も、お俊の息子が大きな役割を担《にな》っていた。あれもまた「縦の糸」の物語だったと言っていい。

第三話「神かけて」でのおえんは、また別の糸をつなぐ。ある人物の奉公先を世話するのだ。第四話「夕明かり」では、友人・お千恵の夫が家を出ていってしまい、その行方を探すことに。第五話「余寒」では、既に決まっている商家の縁談が本当にいいご縁なのかを調べることになる。

男と女の縁を結んでいた前巻から、今度は親子の縁、夫婦の縁といった、すでに存在する縁を結び直す話が増える。さらに、当人に合った奉公先を見つけるという、社会の中での縁結びの話もある。おえんの実家の元番頭で今も何かとおえんの力になっている丈右衛門の愚痴が、「ここも、いよいよもって口入屋めいて参りましたな」「お嬢さんともあろう方が、とうとう岡っ引きの真似事《まねごと》をお始めになろうとは」「こんどは八丁堀の役人を気取っておられる」と次第にエスカレートするのがおかしくて仕方ないのだが、まさに彼の言う通り、おえんの「仕事」はどんどん広がっていくのである。

これはすなわち、人と人を結ぶ糸は、夫婦以外にもたくさんあるということを表しているのだ。『春はそこまで』で、夫婦、親子という糸がさらに外につながって商店街という布を織ったことを思い出す。本書でもまた、ひとつの糸がさらに他の糸と結ばれ、織られ、広がっていく。夫婦、親子という家族の糸があり、その中のひとりが働きに出ることで職場という新たな糸が結ばれる。ご近所さんという糸もある。友という糸もある。町人と武家の身分を超えた糸もある。かつておえんが取り持った夫婦が再登場し、別の縁にかかわることでまた新たな糸が生まれる。ここに描かれているのは、一本一本の糸が縦横に織られることで共同体、あるいは社会という布を形作る様子なのだ。

人の営みが次々と結ばれていく、その様子がとても尊い。この物語は、私たちが普段の生活の中で知り合った人、共に暮らす人、共に働く人との出会いが、決して当たり前のものではなく、とても特別な「縁」だったことを思い出させてくれる。おえんは、その象徴なのである。

と、ここで終わればとても幸せな話なのだけれど、実はそうはいかない。

もうひとつ重要なことがある。私は先ほど、前巻にはおえんを巡る問題に積み残しがあった、と書いた。そのひとつが、十年前に花見の雑踏ではぐれて以来行方不明の長男・友松だ。もう誰もが諦めていた。だが第二話「鯛の祝い」で、その友松が帰ってきたという知らせがおえんのもとに届くのである。

友松問題は、第二話から最終話にかけてを貫く本書の核だ。

糸は結ばれるだけではない。切れることもあるのだという厳然たる事実が読者に突きつけられる。さらに友松問題には（詳しくは書けないが）、他者がかかわっている。

人は他人が大事にしてきた縁を断ち切ってしまうことがあるのだという、悲しい事実がここで描かれるのである。

縁を結ぶということ。縁が切れるということ。

そこで気づいた。縁結びの方にばかり気を取られていたが、本書には、一度は結ばれたはずの縁が切れてしまったというエピソードが数多く登場する。家族との死別や離別、壊れた縁談、夫の失踪《しっそう》、気まずくなった友達、職場を辞める奉公人。おえんもまた、自らの断ち切られた糸を前に悩むことになる。この「切れた糸」こそ本書の真のテーマではないだろうか。

詳しくは書けない。なぜなら、糸がなぜ断ち切られてしまったのかを、志川節子はなんとミステリ仕立てで見せてくれるのだから。そこに浮かび上がる悲しく切ない現実もまた、不思議な縁がかかわっている――とだけ言っておこう。

前巻が「縁の糸を結ぶ」話だとするなら、本書は「切れた糸をどうするか」の物語なのである。あきらめて新たな糸を探す者がいる。ひとつの糸を守るために別の糸をあえて断ち切る者がいる。もういちどつなぎ直したいと願う者がいる。ひとりひとりの決意を、その後の行動を、どうかじっくり味わっていただきたい。

先ほど私は「ここに描かれているのは、一本一本の糸が縦横に織られることで共同体、あるいは社会という布を形作る様子」だと書いた。だがよく見れば、その糸にはあちこちに結び直された箇所があるはずだ。あるいは切れたまま、他の糸に縒《よ》り合わされた箇所もあるかもしれない。

だが、結び直されたり縒り合わされたりした箇所は、えてして他の場所よりも強くなるものだ。そして糸を丈夫にしていくのは、他の誰でもない自分自身なのだと、志川節子はおえんの口を借りて私たちに伝えてくれているのである。

（令和四年五月、書評家）

この作品は令和元年十月新潮社より刊行された。

朝井まかて著

眩《くらら》

中山義秀文学賞受賞

北斎の娘にして光と影を操る天才絵師、応為。父の病や叶わぬ恋に翻弄されながら、絵一筋に捧げた生を力強く描く、傑作時代小説。

山本周五郎著

日本婦道記

厳しい武家の定めの中で、愛する人のために生き抜いた女性たちの清々しいまでの強靭さと、凛然たる美しさや哀しさが溢れる31編。

藤沢周平著

本所しぐれ町物語

川や掘割からふと水が匂う江戸庶民の町……。表通りの商人や裏通りの職人など市井の人々の微妙な心の揺れを味わい深く描く連作長編。

藤原緋沙子著

へんろ宿

江戸回向院前の安宿には訳ありの旅人が投宿する。死期迫る浪人、関所を迂回した武家の娘、謎の紙商人等。こころ温まる人情譚四編。

青山文平著

半席

熟年の侍たちが起こした奇妙な事件。その裏にひそむ「真の動機」とは。もがきながら生きる男たちを描き、高く評価された武家小説。

宮部みゆき著

孤宿の人（上・下）

藩内で毒死や凶事が相次ぎ、流罪となった幕府要人の祟りと噂された。お家騒動を背景に無垢な少女の魂の成長を描く感動の時代長編。

芽《め》吹《ぶき》長《なが》屋《や》仕《し》合《あわ》せ帖《ちょう》　日《ひ》照《でり》雨《あめ》

新潮文庫　し－81－2

令和四年八月一日発行

著者　志《し》川《がわ》節《せつ》子《こ》

発行者　佐藤隆信

発行所　株式会社 新潮社
郵便番号　一六二―八七一一
東京都新宿区矢来町七一
電話 編集部(〇三)三二六六―五四四〇
読者係(〇三)三二六六―五一一一
https://www.shinchosha.co.jp

価格はカバーに表示してあります。

印刷・大日本印刷株式会社　製本・加藤製本株式会社

ISBN978-4-10-120592-2 C0193